中年心得帳

享受吧，一趟快樂的中年之旅

林真理子（はやしまりこ）——著
游韻馨——譯

目錄

我的老化之路

今天我出席了一位女性朋友的生日派對，她看起來又年輕又美麗，完全不像坐四望五的熟女。不僅如此，聚在桌邊聊天的五名姊妹淘全部都是四十歲的人，看起來卻個個美豔動人。

除了我之外，所有出席者都非常流行、時尚的打扮，其中還包括穿著破壞加工丹寧褲與高跟鞋的女性朋友們，窈窕健美的身材令人看得入迷。

我經常如此這麼想。

現在是不是人類最不容易老化的年代？

在我小的時候只要一提到四十歲，腦中浮現的並非中年，而是初老的情景。前一陣子去掃墓，發現了一個令我驚訝的事實，以前很疼愛我的阿姨，過世的時候竟然才四十八歲。在我的印象中，阿姨是胖胖的，每次都穿長裙，頭上頂著丸子髮型。臉上完全不化妝，穿的衣服也很樸素。我一直以爲她過世時有六十多歲，沒想到才四十八歲……。

那不就跟今天過生日的壽星一樣年紀嗎？我不禁想起壽星一頭長髮、一身帥氣的褲裝、戴著漂亮耳環的模樣。這樣的差異令我忍不住深思。

過去，不，其實是在不久之前，女人只要年過四十就會變「大嬸」。有人認爲這是因爲女人一過四十就捨棄了身爲「女性」的身分，但我覺得安穩平和的大嬸世界也不差。

那個時候的女性懂得「放棄」的眞諦。要是只有自己放棄，感覺眞的很悲慘，但如果全日本的中年女性都放棄，那就沒有什麼大不了。

偶爾在街上看到打扮入時、外表年輕的四十多歲家庭主婦，街坊鄰居都會在背後指指點點。

「哎呀！看起來眞輕浮。」

「也不看看自己幾歲。」

在那個年代，所有中年女性都變身爲「大嬸」，過著幸福快樂的日子。心中沒有任何不滿，也不知道這個世界天外有天。

反觀現代社會又是如何？四十歲是女人最美的年紀，許多女性即使到了五十歲還是很美，身材也保持得玲瓏有致。

大家都知道只要努力，永遠可以保持女性魅力。於是，不顧一切地拚命努力。

所有人拚了命地追求毫無一絲贅肉的身材、緊緻飽滿的肌膚、尖挺的胸部、豐盈的秀髮，好像不擁有如此完美的外表，就會被其他人拋在身後。

過去的年代完全不是這麼一回事。照理說，人到中年就應該過著安穩平靜的生活，如今卻出現了各種不同的阻礙，例如自尊心，擔心自己比不上別人的焦慮感，總覺得別人過得比自己快樂的猜疑心。錯綜複雜的情緒交纏在一起，使得女人必須拚命努力，迎戰不可避免且戰力超強的殘酷敵人。這場戰役就是「抗老之戰」。

某個化妝品公司高層曾經這麼對我說：「我很討厭抗老化這個用語，我們公司都不這麼說。大家應該要改變想法，變老並不是一件壞事，我們想打造的就是隨著年齡增長愈來愈有魅力的女性。」

這句話說得非常好，不過，充其量只能算是一種理想。逼近中年卻還能愈來愈有魅力的女性，都是天生麗質加上好運加持帶來的結果。一般女性只會爲了抗老愈來愈焦躁，而且焦躁到無法控制的程度，想要早日展現成果。我面對老化的態度就是努力但不勉強，不受外表束縛。

抗老戰士

某位從事時尚工作的朋友打電話給我。
「我發現一個很棒的漢方產品，只要吃兩個月就能瘦四公斤喔。」
「眞的假的，這麼有效？」
「還有，那家藥局離妳家很近，我立刻將地圖傳給妳。」
「謝謝！」
那天下午，我還收到其他朋友的簡訊。
「之前跟妳提過的、效果超強的睫毛增長液，我好不容易買到了，我要送一支給妳。」

我最喜歡收到這類的消息，每次都讓我深刻感受到「朋友對我的好」。

感覺就像我成功打進了女性朋友的小圈圈裡。話說回來，無論是國高中生或中年婦女，只要打不進女性朋友的小圈圈，就會感覺自己完了。

有趣的是，只要是跟愛美相關的訊息，女性都不會占爲己有，還會毫不吝嗇地分享給身邊的姊妹淘。

從另一個角度來看，分享美麗資訊究竟是爲了拉更多人下水以確保安全，還是透過交換資訊的行爲加深彼此的聯繫感？嗯，我認爲答案應該是後者。

話說回來，這個世界上確實有熱衷美容的女性。她們所具備的美容知識足以媲美女醫生，不只如此，更親身嘗試各種方法。每次一開口就是推薦哪個品牌的乳霜或美容液，要是發現最近在白金（註：東京都港區）新開一間效果很好的護膚中心，也會熱心地四處推薦。

不知道爲什麼，這類熱衷美容的女性都不太受其他女性的歡迎。

「眞希望她們做好自己的工作。」我的朋友說。

「如果是美容專家，我還可以理解這種做法，但過度熱衷美容的一般女性，只會給人空有外表的感覺。」

我也贊成她的論點。美容知識只能算是一種過程、工具，可惜現在卻有太多的女性成爲美容醫療的奴隸。

這類女性說漂亮確實漂亮，卻渾身散發出一種攻擊性。感覺像是奮力對抗年齡增長的戰士，用抗老戰士來形容一點也不爲過。

許多女明星都是抗老戰士，穿著奇裝異服，喜歡展現與十幾歲少女同樣的造型。有時候過度的打扮反而給人「不忍卒睹」的感覺。所有人看到，心中想的都是「隨便穿都比穿這樣好看」，偏偏只有本人渾然不覺。

話說回來，步入中年依舊美麗的女明星第一名，這麼多年一直都是黑木瞳。

我認為黑木瞳最厲害的地方，就是從來不會給人「不得體」的感覺。她自然散發清純親和的氣質，讓人留下美麗印象，這就是黑木瞳堅持的信仰，這樣的信仰也深植在日本女性的心中。俏皮又可愛的笑容感覺好溫柔，深受所有人的喜愛。

近來我最矚目的女演員是賀來千香子。她從年輕時就很漂亮，但最近我覺得她的美開始與眾不同。她有一段時間鮮少出現在螢光幕上，當再次出現時卻令我大感驚豔。令我驚豔的重點不是看起來還是那麼年輕，而是成熟得很優雅，她成功地讓年齡為自己加分。

賀來千香子優雅開朗的氣質很適合粉彩色系，我一直認為「女性年紀漸長之後，打扮就應該要保守一點」，那些冒險的嘗試就交給年輕女孩吧。不過，賀來千香子很不一樣，即使嘗試女孩風或潮流單品，也能穿出高雅品味，這就是她默默堅持的時尚概念。

整形疑雲

雖然還不到書迷見面會的程度，但有一次我很榮幸地與熱情的讀者一起聚餐。

當時坐在我旁邊的女性支支吾吾地向我開口：

「雖然我知道這個問題可能會很失禮，但我心中一直有個疑問想當面請教眞理子小姐……」

當時我已經喝醉了，微笑地對她說：「想問什麼儘管問。」

「是這樣的，我發現眞理子小姐突然變得很漂亮，不曉得爲什麼會有這麼大的轉變？」

「那是因爲我『進廠維修』了啊！」我作勢將自己的眼睛往上拉。

「不只這裡整過，下巴還去削骨，做了好多事情，所以臉才會變得不一樣。」

話一說完，四周立刻安靜下來。我見狀趕緊大笑，直說剛剛是在開玩笑，不過，整個空氣還是凝結了一下下。

不瞞各位，我眞的很常被問到這個問題。話說回來，現在的我也沒有醜小鴨變天鵝。年輕時的我以激進言行出道，很快就成爲注目焦點，但是我一直受到許多男人的惡意攻擊。說得精準一點，我遭受的是最典型的言語毀謗。每當男人壓不過我時，就會說「也不想想自己長得那麼醜」，以這種卑劣手段讓我閉嘴。

回顧當時的照片，我長得眞的很驚人。臉又大又圓，各個五官也長得很大，與世俗認定的美人、正妹完全沾不上邊。儘管如此，我也不認爲自己應該遭受如此嚴重的語言霸凌，不只說我長得醜，還用許多難聽的字眼攻擊我。要是換作現在，早就可以告他們侵害人權或職權騷擾了！

從我出道至今已將近三十年，當時的女性比較嚴謹，不會表達內心的想法。我一出道就誓言打破這樣的現狀，所以在男人的眼中，我是一個放肆無禮令人討厭的女人。

許多從出道就一直看我的書的女性讀者，經常客氣地說：

「雖然眞理子小姐一直被批評長得醜，但妳已經蛻變成一位儀容端正、打扮入時的中年女性，外表看起來也比年輕時好看許多……」

若翻譯成眞心話就是：「眞理子小姐突然變得好漂亮喔！」

提倡造顏按摩法的田中宥久子老師也是我的按摩老師，每次當有客人問她：

「林眞理子一定有整形，對吧？我就覺得她的長相不一樣了。」

田中老師總是笑著回答：「妳應該知道在臉上動過手腳的人不能做我們家的

按摩吧？再說，林女士那麼忙，哪有時間整形啊？」

聽了眞讓我感到開心。我承認大家都說我現在比年輕時好看太多，正因如此，我才要寫這一篇。

我眞心覺得年輕時候的我眼睛炯炯有神，充滿魅力，也不乏男人追求……。不過，也的確像眾人所說，現在的我變漂亮了，喔，不，是好看太多。

若問我最大的原因是什麼，當然不是整形手術，而是矯正牙齒。當初從事矯正治療時，我寫了很多文章，相信有些讀者已經知道了。我是在三十六歲開始矯正牙齒的，當時矯正牙齒的主要族群是小孩，我是第一個大方公開矯正過程的名人。從此以後也帶起了成年人牙齒矯正的風潮。

美麗斯巴達——韓國

前一陣子電視播出「明星模仿大賽」，許多專業模仿藝人紛紛上節目模仿明星的唱腔與表情，來一爭高下。

其中包括模仿KARA和少女時代的團體。由於這兩個團體是從韓國甄選出來的，成員都是南韓少女。她們的歌舞表現確實維妙維肖，但外表和腿部線條粗細卻截然不同。

我心中不禁懷疑「爲什麼要找這種土裡土氣的姊姊來上節目？既然有甄選過，應該要找可愛的小女孩才對啊」！

仔細看了一會兒，我終於明白，原來只要把她們當成整形前的KARA和少女時代，一切就合理了！

大家都知道韓國十分盛行整形手術，特別是藝人，幾乎所有藝人都整形過。而且韓國人也毫不避諱整形這件事。

不過，整形在日本還是不能說的祕密。

或許是因爲對於沒有整形的人來說，整過形的人感覺比自己有勇氣、有膽識，所以大家才會在私底下偷偷討論「某某人『進廠維修』」。

雖然同屬亞洲國家，日本與韓國對於整形這件事的看法卻大相逕庭。我從書中得知，韓國是一個不只重視學歷，還很重視容貌的國家。

韓國人有一種觀念，「要是運氣不好長壞了，那就打掉重做」！

說到這一點，讓我想起二十多年前第一次在韓國出書，當時幫我翻譯的男譯者很強勢地命令我「到韓國好好宣傳」，我迫不得已只好自掏腰包到韓國去。

現在回想起來，他眞的是一個極度討人厭的男人，而且我後來才知道他的翻譯根本錯誤百出。

不僅如此，他還擅自宣布擁有我所有書籍在韓國的出版權，我到現在沒拿到任何一毛錢……。

過去的恩怨暫時放在一邊，當時的我和那位男譯者一起到首爾的出版社拜訪，那個時候我天不怕地不怕，同時也對韓國記者感到很好奇。

不巧的是，那段時間是我一生中狀態最糟的時候。人家說新婚燕爾、心寬體胖，我是成功擺脫求偶壓力後鬆懈下來，逐漸吃出圓滾滾的體型。更糟的是，當時我剛開始矯正牙齒，一整排牙齒都用鋼絲固定。

在首爾的那段期間裡，我無論到哪裡都備受冷落，當時眞的氣炸了，但現在可以理解他們爲什麼會有那種反應。他們接到指示，要採訪日本的人氣作家，沒想到等到的卻是牙齒鑲滿銀色鋼絲的胖大嬸。

就算記者要求攝影師「隨便拍就好」，我也無話可說。

說了這麼多過去的事情，我想說的是，我有個朋友也做過牙齒矯正，她在治療期間曾經小聲地說：「牙齒矯正是可以大方公開的整形行為。」聽到這句話，也讓我豁然開朗。

成年人矯正牙齒的目的並不在於擁有整齊的齒列，而是將重點放在「變美」上。老實說，我的朋友跟我齒列都沒有太大的問題，只是嘴巴較突出、牙齒太大，導致長相不好看。我在矯正牙齒時拔了七顆牙，私底下在家裡時必須一直戴著矯正器，這種痛苦的日子過了四年。正因如此，我的臉型才會出現戲劇性的變化。

反光板效果

雖然已發生了一段時間，在此我要向東日本大地震的受災者致上最深切的慰問之意。

光看新聞報導，就讓我的心悲痛不已，眼淚無法控制地流了下來。今天出版的週刊雜誌刊登了空無一物的街景照片，對身處人間煉獄的災民說些鼓勵的話，或建議他們該如何振興地方，根本無法撫慰他們的心情。

另一方面，也有人認爲越是在這種時候，更應該主動接觸快樂、美好的事物。正因如此，上野動物園開放民眾觀賞新熊貓的第一天，排了很長的人龍，電影院也擠滿了看電影的人潮。

這次的天災讓非災區的日本人民體驗到人生無常的感覺，內心痛苦不已，但是日子還是要過。即使到今日，災民們仍舊被迫過著困苦的生活，我們除了要持續關注災民之外，也要給予物資上的援助，過好自己的日常生活。這是上天賦予我們的重要課題，我們一定要成功克服。

言歸正傳，地震發生不久後，剛好是我的生日。我已邁入了「花甲之年」。

我有好幾個小時候一起唸書的女同學還住在鄉下，她們都升格當奶奶，還給我看孫子孫女的照片。每當這種時候，我就忍不住想起「城鄉差距」這四個字（同學，對不起了）。我那些住在都會區的女性朋友，即使年過五十歲還是社會上的「活躍分子」。前一陣子，我有兩個女性朋友陸續結婚，她們分別是五十六歲與五十七歲。她們很大方地穿上白紗，看起來十分漂亮。我有很多的女性朋友都是單身或晚婚，基本上不會聊到孫子之類的話題，而且每個人都維持窈窕身材，固定去護膚中心保養自己，穿著最新流行的服飾。

這樣的生活型態會讓自己感覺更加年輕。而且每次我登上時尚雜誌，看起來確實比實際年齡年輕。雖然衣服尺碼較大，但都是現在最流行的名牌單品。

老實告訴各位，我拍照時只是擺出不看鏡頭的樣子而已。基本上，拍攝女性時尚雜誌的攝影師很清楚雜誌要的是什麼，他會想辦法拍出最美的照片。不僅幫我找出最好看的角度，還會用反光板幫臉部打光。反光板是一種用來反射光線的板子。在滑雪場滑雪的男男女女看起來比平時帥氣亮麗，也是同樣的道理。

攝影師在拍我時，他的助理或雜誌編輯就會幫忙拿反光板，讓我的臉看起來更加光滑細緻。

不僅如此，女性時尚雜誌還有一個超強的祕密武器，那就是「修圖」。現代電腦科技可以做到任何妳想像得到的事情。每次看化妝品廣告和女明星照片，都會發現她們的膚質很好，完全看不到毛孔，這就是修圖的功勞。

只要有一台電腦，想要多完美的膚質都能修得出來。

編輯每次都跟別人說：「林老師眞的完全沒有修圖。」

編輯這麼說其實也不太對，因爲使用反光板本身就是一種修圖。

話雖如此，雜誌世界是我的主場。我認識許多雜誌編輯，每次只要登上女性時尚雜誌的頁面，我都能深刻感受他們對我的愛。

正因爲拍攝雜誌可以讓我處在愛的圍繞下，所以我很討厭上電視。我既不是女藝人，也不是女演員，我只是個「過客」。電視節目的工作人員對我沒有任何感情或好感，因此不會特別照顧我。

有一次我上電視的時候，某個朋友好心提醒我：「一定要記得先跟燈光師打招呼，妳在螢幕上好不好看全靠他了。」

換句話說，只要搞定燈光師，他就能利用另一種形式的反光板讓我看起來光鮮亮麗。

「現役」感

每次上電視我都想尖叫。

因爲我會清楚看到正面照鏡子時看不見的模樣，例如從側面取景時會看到鬆弛的雙下巴，還有清晰的魚尾紋。最糟的是圓滾滾的身形十足就是個中年大嬸。

「老化」是一種很神奇的狀態，妳越想阻止自己變老，老化就會一步步滲透至全身各個角落。有個電視節目叫《懷念明星現況》，每集都會邀請過去紅極一時的當紅明星上節目聊聊現況。對這些過氣藝人來說，這是睽違已久的電視演出，因此許多女明星會過度打扮、濃妝豔抹，像年輕女孩一樣穿迷你裙，身上掛滿飾品。這樣的打扮絕不可能讓中年女性看起來年輕，因為強作歡笑擠出的法令紋，早已透露了妳的年齡。

另一位過去超受歡迎的人氣男歌手也令人感嘆。他的眉毛畫得太粗太密、割過的雙眼皮也大得驚人，讓他看起來老態龍鍾，不忍卒睹。

目前還在線上的藝人經常上電視，因此成熟得很順眼。就算是稍微「進廠維修」過，感覺也很自然，穿著打扮十分得體。

妳發現了嗎？不管是藝人還是女人，「現役」這件事眞的很重要。

女人的現役狀態並不是經常與男人談戀愛或大搞婚外情，而是妳有多在意別人？說得具體一點，就是妳希望別人如何稱讚妳？

有一次，時尚雜誌總編輯對我說：「林小姐，妳的鞋子都好好看喔，我們工作人員每個都很喜歡！」

自從他這麼說之後，我開始注重自己的鞋子。我其實有很多雙鞋子，卻都疏於保養，穿著時也不會特別小心，所以耗損得很厲害。

有時候就算鞋子已破損不堪，我也希望它能「撐過今天」，穿上破破爛爛的鞋子出門。不過，只要去會被別人注意的地方，我一定會特別注重自己的鞋子。

此外，雙手也是別人會讚美的部位，所以我從來沒忽略過手部按摩與美甲彩繪。雖然有點老王賣瓜，自賣自誇，但常常有人稱讚我的膚質很好。

有位編輯說：「與其被稱讚漂亮，現代女性更喜歡別人稱讚膚質很好，這是現在最高等級的讚美詞。」

不過，我自己比較喜歡被稱讚「漂亮」。

話說回來，長相五官是無法靠努力改變的，雖然可以透過破壞再造的手術調整，但絕大多數日本女性不會選擇動刀這條路。就算很多人做過簡單的割雙眼皮手術，但還是不會輕易嘗試大規模的「改造」。這一點就跟鄰近的韓國截然不同，日本目前的社會型態仍屬於以小型聚落爲主的村莊社會，許多人喜歡在背後指指點點，造成不少困擾。

正因爲大家害怕有人在背後批評「她以前明明就長得很醜」，所以才不敢大膽嘗試改頭換面。現在有許多藝人明星的舊照片在網路上流傳，知名藝人或多或少早已做好心理準備，但這對普通粉領族或學生來說，是很難克服的難關。

前不久我出席了一場派對，有人出聲叫我，我轉頭一看，對方是一個我從來沒見過的女性，可是她卻表現出一副跟我很熟的樣子。

於是我說：「不好意思，請問您是？」

「討厭啦，我是○○啊！」

原來是以前經常玩在一起、年齡比我小的女性朋友。她的頭腦很聰明，品味也很出眾，還是一位自己經營公司的女強人。唯一的遺憾就是長相平凡，沒想到她竟然變這麼多！

簡直判若兩人，完全不一樣了！

女性偏差值

我經常聊得太開心，不知不覺就離題了，眞是抱歉。

其實我想跟各位討論的是整形手術的話題。上一篇我提到一位女性朋友接受整形手術，結果完全變成另外一個人。

在派對上不期而遇時，我竟然白目到大聲嚷嚷：「我完全認不出是妳！妳也變太多了吧！」

沒想到她的態度十分大方，非常開心地笑著說：「眞的嗎？」

她的笑容眞的很美，但因爲長相眞的差很多，反而讓我有點五味雜陳。

心中不禁在想：「她是個那麼聰明的女人，爲什麼要做這種事……」

包括我在內，所有天生長相不討喜的女性，從小媽媽就會如此訓誡：

「要好好唸書，靠自己打出一片天。」

「要好好提升內在，成爲一個優秀的人。」

我從小沒有特別用功，但隨著年齡增長，開始察覺自己很容易因爲外表而吃虧。好不容易找到一份打工的工作，無論工作表現多認眞，一定會被後來應徵的甜美女大生所取代，類似的遭遇層出不窮。

不過，我並不會因此氣餒。

我認爲「只要我現在變美就好」。儘管不知道這個「現在」何時會來，但我知道未來一定會有好事發生。幸運的是，時代不斷在改變，女性偏差値再也不是光靠美貌取勝。充滿獨特魅力、談吐風趣幽默、品味卓絕、頭腦聰明等特質，增加了女性價値，只要受到男性歡迎，女性自然能在自己心中找到平衡點。

我一直很尊敬的作家渡邊淳一老師曾經如此說道：

「男女之間存在著一個與學歷等外在條件完全無關的偏差值，亦即戀愛偏差值，也就是吸引力、性能力。」

各位不覺得這句話說得很棒嗎？

大多數女性每天努力提升自己的女性偏差值，追求美貌與姣好身材，但過度「進廠維修」的行爲，不就是在宣告天下「我長得很醜，而且我一直爲自己的外表所苦」？

如果是上電視參加選美比賽的女性，我不會這麼評論。但這些「修修臉」女孩都很聰明，改造前的偏差值原本就很高，所以，對於她們的行爲，我感到很遺憾。

不努力提升自己，只想追求一夜變美的臉蛋，跟舉手投降沒有兩樣。

不瞞各位，就連我自己也曾經想要舉手投降，甚至勸自己：「雖然我很排斥爲了變美而去整形，但如果是因爲老了不得不動刀，應該可以接受吧？」

每次坐車或搭乘地下鐵，不小心看到映照在車窗上的自己的臉，那鬆弛的臉頰、眼睛下方的皺紋以及清晰的法令紋，就會讓我忍不住想要大喊：這個老女人是誰！

我聽別人說，比起鏡子，由幾片玻璃組合起來的反射物，會將光線以奇怪角度折射出來，讓人看起來比實際年齡老好幾倍。不過，這樣的說法完全沒有安慰到我。還記得那一天我搭乘地下鐵，不經意抬頭，卻看到明明還在世上的媽媽的臉，不由得打了一個哆嗦。事實上，窗子裡映照的是我的臉，蒼老到乍看之下還以爲是我媽媽。

進廠維修的心願

老實告訴各位，我曾經去過幾次美容整形診所。

爲了打雷射除斑，或做電波拉皮而去。電波拉皮是一種利用高頻電波，活化細胞的美容方法，可是，做起來眞的很痛。我是很久以前做電波拉皮，早期的技術不像現在這麼好，當時痛到快死了，所以只做一次就不做了。

此外，我還打了三次玻尿酸。不過，玻尿酸好像不太適合我，打了之後眼睛下方腫得跟蛋一樣大，好一陣子都消不下來。

我做的美容都是「微整形」，每次都在同一家診所做。打完針、打完雷射之後，整形醫生一定會指著我的眼睛說：「林小姐，整形愈早做愈好。我絕對不會害妳，妳這裡要做拉提手術。妳看，我也有做。」

我的雙眼皮確實隨著年齡增長愈來愈垂。

醫生接著又說：「因爲我自己也有做，所以我會建議所有來這裡的患者都做。相信我，妳一定要做拉提手術。」

醫生說得過於斷定，讓我心裡有點抗拒。我認識他的太太，於是問他：「那你太太有做嗎？」

跟我料想的一樣，醫生完全不回答這個問題。

那個時候我發現了一件事：「原來男人都不希望自己心愛的女人整形」！

大多數當紅的整形醫生（並非所有的整形醫生）收入很高，所以私底下都有情婦。聽說他們會將自己的情婦當成白老鼠，做各種整形療程。

我曾經見過某位知名整形醫生的情婦「們」，每一位都年輕貌美，像女明星一樣漂亮。

他的現任情婦沒辦法整天待在家裡無所事事，靠著「醫生」的金援，從事進口雜貨與時裝生意，後來成爲一位呼風喚雨的女社長。

糟了！我又開始愈說愈遠了。

總而言之，我一直認爲不管我的臉垮成什麼樣，我都不想整形。但最近有個姊妹淘說了一段話，讓我的想法有點動搖。

她說：「我的眼皮下垂得很嚴重，到眼科去看診，醫生說我的眼瞼下垂，要開刀。申請保險給付只要三十萬日幣，若去整形診所動刀要花上百萬，我想都沒想就花三十萬了。」

我終於恍然大悟，原來只要換個想法就好！

上了年紀以後，一定會遇到愈來愈多不能算是整形，但需要動刀的情形。同樣做拉提手術，若從讓眼睛明亮有神，幫助自己看得更清楚的角度來解讀，並告訴自己：「同樣的症狀去看醫生，醫生檢查後判斷是眼瞼下垂。這個情況下，動刀拉提是一種醫療行爲，不是整形。」自然就能坦然接受。

不過，這樣的說法聽起來有點在鑽漏洞，不是很光明磊落。

從另一個角度來看這件事，在整張垮得差不多的臉龐中，只有一雙眼睛炯炯有神，妳不覺得這種感覺怪怪的嗎？稍微有點下垂的眼睛，看起來個性溫和、好相處，這也是不錯的結果。

我將轉念的想法說給美容專家田中宥久子老師聽，她立刻反駁我：「妳聽我說，絕對不能動刀，修過的眼睛怎麼看都不自然。其實只要勤按摩，就能鍛鍊臉部肌肉的力量。妳試著按摩看看眉毛上方的這個位置，天天按摩就能預防眼睛下垂。女人到了這個年紀，絕對不能整形！」

「白大嬸」與「黑大嬸」

前幾天終於買了洗澡時刷背用的長柄刷。這類小東西不像衣服會特地找一天出去買，要是不隨時提醒自己，每次出門一定會忘記。

話說回來，既然有刷背用的沐浴刷，有沒有刷肚子的刷子？可以用力刷肚子，消除脂肪的呢？

前不久的黃金週，我回鄉了一趟。我好久沒回去了，這次回去不打算去鄉下，所以一如往常地只帶了T恤與牛仔褲。T恤與牛仔褲（最近好像都說丹寧褲）是我萬年不變的基本打扮，外面再套上一件有著COMME des GARÇONS可愛LOGO的開襟外套，即可瞬間完成山梨縣獨一無二的都會休閒造型。只要有這些單品，走到哪兒都是時尚達人……呃，事實證明，有這個想法的好像只有我而已。

「妳的肚子也太多肉了吧……」

跟我一樣回鄉省親的弟弟，不斷用手指戳我的肚子。每次穿上白色彈性T恤，套上開襟外套，扣好扣子後，下方就會露出一截白色三角形區域，腹部贅肉總是會將衣服撐出來。

儘管我自認年輕，但畢竟已邁入中年，身體開始變得圓滾滾，柔軟的贅肉陸續形成蝴蝶袖、鮪魚肚，整個身材逐漸往「大嬸」體型邁進。

如今被我弟說成這樣，我決定洗心革面。就算要經歷痛苦的肌肉訓練，每天在外面運動曬成「黑大嬸」，我也在所不惜。

十多年前，我第一次知道這個世界上有「白大嬸」與「黑大嬸」的存在。我覺得這兩個形容詞十分絕妙。「白大嬸」指的是像我一樣討厭運動，完全不出門曬太陽，皮膚白皙、身材圓潤的胖大嬸。

相反的，「黑大嬸」則是每天鍛鍊肌肉或打高爾夫球，全身上下沒有一絲贅肉、體型結實的中年婦女。這樣的女性喜歡在太陽底下運動，不只皮膚曬得黝黑，臉上還會長出一堆黑斑與雀斑。但因爲膚色較深的關係，本人絲毫不以爲意。通常黑大嬸對自己的身材很有自信，冬天也會穿無袖上衣。許多財經界名人的夫人很會打高爾夫球，她們大多是黑大嬸。我就認識很多這樣的朋友，不瞞各位，我跟很多黑大嬸都是好朋友。

黑大嬸的特色就是自認爲自己看起來很年輕，事實上，根本不是這麼一回事，反而給人蒼老乾癟的印象。

她們跟時下年輕女孩一樣剪短髮、穿迷你裙，由於她們的身材很好，任何衣服都穿得下。遺憾的是，她們沒發現正是這樣的衣服，讓她們看起來比實際年齡老。以一句話來形容，就是刻意裝嫩、外表像枯樹一樣的滄桑大嬸……。

要是我眞的這麼說，她們一定會反嗆：「妳也不照照鏡子，妳這個滿身贅肉的胖女人！」

中年婦女之間，正悄悄展開一場黑大嬸與白大嬸的對立大戰。容我說句實話，我從來沒遇過任何男性表明喜歡黑大嬸，倒是有許多男人偏好白大嬸。

我有一位男性朋友到孩子就讀的學校參加家長會，會議結束後和幾位學生的媽媽一起去KTV唱歌。我朋友唱歌時，幾位媽媽就配合旋律拍打鈴鼓，此時從捲起來的短袖罩衫中，露出鬆垮的蝴蝶袖，跟著節奏晃動。

事後朋友跟我說：「那種感覺好性感，讓我忍不住多看兩眼。」

妳看看！只要保養得宜，白大嬸也能散發出女性特有的性感風情。

話說回來，在白大嬸與黑大嬸之間，最近出現了「古銅色大嬸」，形成一股不容忽視的新興勢力。

令人嚮往的「古銅色大嬸」

成爲「古銅色大嬸」是一件難度極高的事情，因爲這需要付出相當多的金錢、具備一定的品味，甚至需要與國際同步的時尚敏銳度。

在我認識的「古銅色大嬸」裡，貴婦E是最具代表性的一位。凡是時尚業界人士一定都知道她。由於她過去長期住在義大利，因此現在代理各國時尚品牌，引進日本國內。

她的人脈相當廣，而且很「厲害」。在她舉辦的派對中，某王妃殿下也是嘉賓之一。有一次我很榮幸參加了由她主辦的家庭派對，竟看到剛剛結束表演的三大男高音之一多明哥（Plácido Domingo）。

他一出現就向女主人打招呼：「哈囉，〇〇（貴婦E的名字）。」熱情地抱著她，在臉頰上親吻。

有一次我去米蘭，剛好巧遇貴婦E，她不辭辛勞地帶我到處遊覽，讓我度過美好的半天時光。跟她一起走進卡地亞（Cartier）與古馳（Gucci），經理都會親自招呼，並熱情擁抱貴婦E，在臉頰上親吻。

更令我驚喜的是，經理看我是「〇〇（貴婦E的名字）的朋友」，立刻幫我打三折！

哎呀！我怎麼又愈說愈遠。我想說的是，這位貴婦E一整年都是一身古銅色肌膚，不穿絲襪，每天腳踩高跟鞋，是一位渾身散發貴氣的「紅陶磚貴婦」。

現在光腳穿高跟鞋是很常見的穿著方式，但在十幾年前，穿高跟鞋一定要穿絲襪。重點是，光腳穿高跟鞋，一定要有一雙曬得勻稱美麗的古銅色美腿。

從這一點即可看出，歐洲貴婦非常注意細節，腿的膚色一定會配合臉部肌膚。最近日本的中年女性也習慣露腿，年輕女性露腿還無話可說，中年女性的腿部肌膚早已失去光澤，也不再白皙，露出來眞的慘不忍睹。外國貴婦深知女性身體隨著年齡增長出現的變化，選擇將腿曬成古銅色，反而成爲注目焦點。

有一次我翻閱女性時尙雜誌，看到一位知名的女性設計師在家裡中庭放一個大型籐製搖椅，椅子上方還安裝了一個遮陽棚。據說這是在歐洲買的，專門用來曬腿的搖椅。

這一幕令我忍不住驚嘆，古銅色大嬸的品味與知識不是我們這些平凡中年婦女可以比擬的。

話說回來，貴婦E不只擁有一雙顏色媲美紅陶磚的美腿，她也經常穿著露出美胸、曲線畢露的名牌洋裝，留著一頭大波浪長髮。她身上散發出日本人極爲少見的美豔風情與震撼力，每當她踩著高跟鞋喀喀地走在歌劇院的大廳，迷人的風采令人無法移開目光。

古銅色大嬸擁有比白大嬸更緊緻的身材，卻不會像黑大嬸那樣刻意裝嫩。她們深知女性外表的無窮魅力，展現恰到好處的時尚造型。

儘管我很羨慕古銅色大嬸，但現在的我不可能效法。唯有從小在國外生活的女性，才能如此輕鬆自然地表現出來。

「膚色白皙」算是我爲數不多、僅剩有限的優點之一。

已故作家渡邊淳一老師曾經讚美過我的白皙肌膚，成爲我至今仍津津樂道的個人特色。我在二十五年前，還是個新人的時候，就有機會與渡邊老師對談。當時我穿著一件黑色V領針織衫，渡邊老師注意到我胸前的肌膚，對我說：「光看妳露出的肌膚，就知道妳的皮膚很好。」

渡邊老師無論對女性的認知或看女人的眼光皆爲當代首席大師，這一席話給了我無限信心。

男人的弱點

渡邊老師的一席話讓我花了大量金錢與心力保養肌膚。

我之前也說過，凡是有人推薦這個產品對肌膚很好、哪家的美容療程有效，我立刻就會買來使用，或跑去店裡保養。幸運的是，那時候我已逐漸打出名號，店家一聽到我的名字都很歡迎我，就連要排兩個月的美容沙龍，也立刻爲我擠出時間。

雖然有些店家堅持不收我錢，但基本上我一定會付該付的費用。我這麼做的原因除了不喜歡店家拿我做宣傳之外，我也很排斥免費招待，正常消費才能盡情寫出我想表達的感想。

話說回來，我眞的砸了很多錢在我這張臉上。無論花費多少金錢與時間，最後能解決問題的，還是「整形手術」。

近年來有許多護膚中心兼營整形業務，打了幾次玻尿酸、肉毒與電波拉皮之後，醫生一定會對我說：「與其做這麼多零碎的微整形，乾脆一次搞定，做肌膚拉提手術。做完之後，妳會看起來非常年輕。」

我從來沒被這類說詞打動。因爲我只要環顧四周，就會發現身邊許多女性朋友都動了整形手術。我眞的很不喜歡這種一眼看穿的整形手法。

由於工作關係，我經常接觸女明星，有時會遇到讓我不忍卒睹的情形。舉例來說，剛開始只發現到這個年齡不該有的、異常緊實的眼周，後來又覺得「下巴好像與之前不一樣」，整張臉看起來就像外國人一樣深邃。

前一陣子我參加了一場主辦單位安排固定座位的派對，許多大人物帶自己的夫人出席，看到一張張「明顯動過刀的臉」，我眞的不曉得眼睛該看哪裡。女人過了一定年齡之後才整形，動刀的痕跡會十分明顯，嘴脣變得異常厚實，還會往上翹。

糟糕的是，通常先生都很自豪太太的美貌。

聽到席間有人說：「夫人眞漂亮。」

立刻開心回答：「嗯，還可以啦，哈哈！」

這個場景令我心中充滿疑問，究竟是先生沒察覺太太整形，還是覺得整形是小事，沒必要大驚小怪？

爲了驗證這一點，當天回家後我立刻跟先生說：「老公，我想去整形……」沒想到我先生眼睛直盯著電視說：「我覺得妳沒必要去做，不過，如果妳想做去做吧……」

他的回答讓我深刻感受到先生對妻子的漠不關心與深厚的感情。

容我換個話題，每次看電視，都會看到令我感嘆「沒必要做到這個程度」的女明星。明明已經年過六旬，臉部卻緊實得誇張，髮型也跟自己三十多歲時一樣。

每次我們一群姊妹淘聚在一起，就會忍不住議論紛紛：

「那個女明星眞的很不簡單。」

「也做太多了吧？」

有一天，我與渡邊老師見面，沒想到他興奮地對我說：

「小林啊，妳要是見到女明星〇〇〇，一定會被她的青春美貌嚇一跳。女人只要努力維持，年紀大了還是不會變，妳不用擔心。」

我不禁大叫：「老師，你開我玩笑吧？看也知道她有整形啊！」

話說回來，要是連最懂女人的渡邊老師都看不出來，或許男人眞的無法察覺女人在臉上動的手腳。

突如其來的雷射治療

許多女性朋友也紛紛證實，男人眞的看不出女人在臉上動的手腳。

「我可以證明，大多數男人根本看不出自己的另一半整形。明明女人一看就知道對方哪裡不一樣，男人卻毫無察覺。甚至還有許多男性朋友認爲，那對知名的K姊妹是親姊妹，而且長相和身材都是純天然的。」

無論怎麼努力，法令紋還是清晰可見，下巴周邊也會鬆垮。更糟的是，眼皮會慢慢下垂，眼周整個往下掉。每當我獨自一人搭乘電梯，我會抬頭看映照在天花板的臉。下巴線條清晰可見，雙眼炯炯有神，完全就是我十年前的模樣。

想再次擁有過去的緊緻臉龐錯了嗎？

我的工作不像女明星或藝人需要年輕美貌，過去的我也從來不以美麗取勝。既然如此，那就坦然迎接變老的自己。我早已下定這樣的決心，不過，我不想變成邋遢臃腫的老女人。要達成這個目標，稍微在臉上動刀似乎也不是壞事……。

「眞理子，絕對不能有這個念頭喔！」田中宥久子老師又跳出來說話了。

「如果整形只要做一次就能解決所有問題，我一定會去做。可是，事實卻不是如此。只要做一次，就得一直做下去，再堅固的地基都會垮。」

正當我千頭萬緒之際，講談社《GLAMOROUS》雜誌總編輯，同時也是這本書的編輯藤谷先生對我說：

「林小姐，我認識一位整形醫生，她研發出一種很厲害的雷射療法。她說只要做四次，肌膚就會重生，以後再也不需要整形。妳可以永遠保持十年前的容貌喔。」

我立刻回答：「我要做，我要做，我要做雷射療法。」

我發現我的「美麗變老」之路，是一條避免整形的遠路。繞了這麼多遠路卻還是抵達不了目的地，最後決定不繞遠路了。這就是我現在的心境。

一個星期後，我和藤谷總編一起到品川護膚診所。畢竟我過去一心想繞遠路，到這種地方內心難免排斥，但絲毫不覺擔心。那棟樓的六樓是整型診所，五樓是皮膚科診所。

進了診所之後，藤谷總編介紹我與黑田愛美醫生認識，她眞的很漂亮，長得就像偶像明星一樣惹人憐愛，讓我忍不住多看幾眼。或許是因爲她還年輕，肌膚澄澈透亮，像陶瓷般無暇。我一直以爲我不可能有這樣的肌膚，但經過黑田醫生介紹之後，一切都變成可能了。

我接受的治療是先用雷射在臉上開幾個小洞，再從洞孔將營養送進去。刺激小洞促進營養滲透，喚醒年輕的肌膚。

我大約在七年前打了當時剛出來的電波拉皮，當時痛到我不想再做第二次。黑田醫生安慰我：「不要擔心，現在的雷射技術很先進，完全不會痛。」

整個療程包含眼周與脣周雷射在內，超過二十萬日幣。但一想到花這些錢就能擁有我夢想中的電梯「天花板的臉」，不禁覺得十分划算。

話說回來，當時打雷射的痛真的無法形容。雷射打到太陽穴附近時，我忍不住喊痛。下次一定要請醫生幫我塗麻醉乳膏。

女性的「頸部」問題

在品川護膚診所做的雷射治療眞的很痛！

黑田醫生告訴我：「雖然抹上麻醉乳膏可以減輕些許疼痛，但我眞的不建議塗抹，因爲麻醉效果並不好。」

偏偏我還脫口說出：「我不怕痛，不抹沒關係。」這句話讓我毫無後路可走。

於是我躺在手術台上，任憑雷射打上我的臉，那種痛眞的無法形容……。當它接觸到太陽穴一帶，我感到一股刺痛直衝頭頂。

整個過程不到十分鐘，結束後我忍不住哭了。沒想到醫生竟然還這麼建議我：「林小姐，下一次來做脖子吧！脖子的雷射效果很好喔！」

於是我當場付了打四次雷射的錢。儘管我對自己的鎖骨很有自信，但脖子一直是我的致命傷。不僅顏色比我的臉暗沉，而且從我很年輕的時候就有橫向頸紋。

大家都說手部和脖子是最容易洩漏年齡的部位，但我曾經親眼看到某位女明星的脖子有很深的紋路，橫紋已不足爲奇，眞正讓我驚訝的是直紋！我很擔心自己也會變成這樣，從那個時候開始，我每次按摩臉的時候，都會順便按摩脖子。前一陣子在「我的愛用商品」單元中介紹的嬌蘭（Guerlain）頸霜，是我長期用來保養脖子的用品。雖然價格有點貴，但效果相當好。

不瞞各位，年輕時我的脖子很難看，不僅外表皺得像是長了一層鱗片，顏色還很暗沉。當時的男朋友甚至還當場指出這個缺點，讓我十分羞愧。

當時我已經開始保養臉部，但完全沒保養脖子。我那個年代的女性都是這樣。

如今邁入中年的女性讀者一定可以理解我在說什麼，那個年代無論是保養品廠商或女性消費者本身，都只專注在保養臉部肌膚，其他部位的肌膚都被忽略了。

大概從十年前開始，大家才有「頸部、鎖骨與臉部是同一塊皮膚」的觀念。仔細想想確實也是如此。在臉上使用化妝水、乳液和美容液時，順便保養頸部與鎖骨一帶即可。這麼簡單的事情，爲什麼大家都不做？因爲如果這麼做，要多用兩倍保養品。若自己還很年輕，必須增加「市場競爭力」，將昂貴的美容液使用在臉部到胸口一帶，那還無話可說。但到了我這個年紀，眞的興趣缺缺。

我有一位好姊妹是女性雜誌的編輯，專門跑化妝品廠商，各廠商只要推出新產品就會送樣品給她，她每次都用得很開心（她有時也會送一些樣品給我，我也用得很開心）。

她前一陣子還很驕傲地跟我說：「我每天都將要價三萬日幣的美容液擦在脖子與胸口，連腳跟也沒放過。」

我又來了，每次說著說著就會岔題。且容我言歸正傳，來說說脖子吧！

前一陣子我看了一名熱衷美容的名女人所寫的文章，裡面寫道：「為了避免長頸紋，我不睡枕頭，用四條毛巾疊起來當枕頭使用。」

我立刻效法她的做法，但遲遲無法入睡，早上醒來才發現自己正好好地睡在枕頭上。

或許有人會說晚上入睡的時候，不要放枕頭在旁邊。但我睡前習慣看書，沒有枕頭不行。無論如何，「脖子保養」一直是我的弱項，因此這次醫生介紹我打雷射，可說是最適合我的解決方法。

粉底厚牆

一個月後，我請醫生像上次一樣在脖子塗抹麻醉乳膏，完全不覺得痛。於是第三次打臉時，我也請她抹麻醉乳膏。

以前只要雷射碰到我的臉，心臟就會像觸電一樣跳動，但這次絲毫沒有不舒服的感覺。我忍不住感嘆，要是能早點遇到黑田醫生就好了。而且我還加打眼睛下方與脣周雷射，需要忍受的面積比較大。

做完第三次雷射後，過了快一個月。

基本上這個雷射療程要做四次才看得出結果，現在還不到寫心得的時候。我唯一能說的是到目前爲止，我還沒看到明顯的改變。不過，肌膚紋理確實變細緻了，肌膚看起來也較亮。因此這段時間我完全不擦粉底，只擦防曬乳並拍上藥妝店購買的礦泉蜜粉而已。礦泉蜜粉是一種很棒的產品，即使不擦粉底也能使用。

話說回來，對中年女性來說，「擦不擦粉底」是一門很大的學問。

我身邊有許多女性都已經不擦粉底了，與我長期配合的女性髮妝師，這三年來完全沒擦粉底，肌膚狀況變得相當好。雖然還是有一些雀斑或小黑斑，但整個人看起來年輕好幾歲，肌膚像是在呼吸一樣。

我有一位從小一起長大的姊妹淘，她是一名空服員。她說她從來沒擦過一次粉底，我好驚訝。

不過，她那細心保養的肌膚眞的很適合擦大紅色口紅。

我想起自己三十幾歲的時候，那時我的底妝一定會上得很完整，先擦白色的香奈兒（CHANEL）妝前飾底乳，再擦上一層香奈兒粉底乳。接著用遮瑕膏修飾問題局部，完成一張完美無瑕的細緻臉龐。當時的我很討厭露出任何一點「沒上妝的臉部肌膚」，一定要用粉底遮起來才行。

即使擦上那麼厚的粉底，看起來還是很美。事實上，只要肌膚很年輕，充滿彈力又很飽滿，塗上厚重粉底一點問題也沒有。

最近走在時尚尖端的年輕女孩流行畫厚重眼線、擦粉紅色腮紅、塗上顏色偏紅的唇彩，以用色鮮豔的妝表現自己。只要肌膚年輕、膚質好，任何風格的彩妝化起來都很美。

可惜隨著年齡增長，這樣的化妝方式愈來愈不合時宜。即使早上出門前化得漂漂亮亮的，一到下午粉底就花了，相信各位過了四十歲之後，都曾經有過這樣的經驗。

愈來愈多中年女性因爲這樣不擦粉底。

在打完三次雷射之後，我對自己的肌膚充滿信心，除了拍照之外，平時我只用蜜粉。

甚至還有人對我說：「什麼！妳竟然沒擦粉底？怎麼可能？」肌膚好到我都快飛上天了。

不過，各位一定要小心，這種情形會產生另一個問題。那就是無法上眼影。我曾經用刷子或用手上眼影，一上就掉色。後來去化妝品專櫃買眼影霜，才終於解決這個問題。

無論如何，不擦粉底也不能讓自己變成一個「懶大嬸」，在髮型和服裝上一定要特別用心。

鬆懈一秒、醜女一生

忙碌、忙碌、忙碌。

曾有人說「以忙碌當藉口是很窩囊的事」，但我眞的很忙。

不只是我，近年來書籍銷售量愈來愈差，爲了彌補版稅收入減少引發的經濟問題，只能多接幾份雜誌連載。沒想到，在週刊雜誌上寫的連載小說，後來竟要改編成長篇小說，而且還干擾到原本在報紙刊登的連載小說的寫作進度。

如此一來，我原本手上就有三本週刊雜誌的專欄要寫，加上好幾本月刊連載，讓我感到相當頭痛。不僅過去長期參與的志工團體工作量不斷增加，我也在好幾個團體擔任理事與幹事，這些工作都必須如期完成。而且不時還有聚餐，還要抽空去看紐約大都會歌劇院的日本巡演。

一想到明天早上必須六點起床幫女兒與老公做便當，還要出去溜狗一個小時，今天晚上就無法熬夜工作。

每天被工作追著跑，一回頭才發現我已經好久沒上髮廊，指甲油也早就剝落了。

更糟的是，就連減肥大計也停擺了……。

這一陣子我做了一個警語「鬆懈一秒、醜女人一生」來惕勵自己。我好幾個姊妹淘一看到這個警語，忍不住大喊：「說的太好了！」

這個警語不是用來警惕年輕女孩的。舉例來說，假設有一位十分注重服裝儀容的中年女性，每天都穿得漂漂亮亮的，可是只要有一次被別人看到頭髮蓬亂的模樣，負面評價就會跟著她一輩子。

我一直努力維持亮麗的外表，拍攝雜誌照片時，一定會請人打理髮妝，還會買新衣服。雖然我不修圖，但攝影師會幫我調整最美的燈光角度。

一切的努力都是値得的，每次登上雜誌便會有人問我是誰。雖然還不至於被別人稱讚「美女」，但大家都說我「愈來愈漂亮」了。

正因如此，我愈來愈怕上電視。我已經沒有勇氣出現在家裡的大螢幕高畫質電視上了。

不僅如此，就連女性雜誌的編輯也異口同聲地說：

「林老師，妳千萬不要沒準備好就上電視喔。他們不像我們那麼愛妳。」

爲此，我已經好幾年沒上電視了。最多一年只上一次，而且只接讓我看起來沒那麼恐怖的「棚內」節目。雖不至於到「怕上外景節目」的程度，但我眞的不上在戶外錄製的電視節目。

話說回來，前一陣子我做了一件相當失禮的事情。

凡是看過電視劇《下流之宴》的朋友，大家一致的評語都是「主角黑木瞳怎麼會這麼美！」黑木瞳在劇中演的是普通的家庭主婦，穿上常見的針織衫，看起來也很迷人。即使是特寫鏡頭，也完全看不到斑點與皺紋。

所有人都很訝異：「她爲什麼可以這麼美？」

有一次黑木瞳上談話性節目宣傳自己的戲。

於是該節目請我以原著作者的身分，對黑木瞳說幾句話。

拍攝地點就在我家客廳。由於拍攝的影片很短，我沒想過請髮妝師幫我弄。於是到離家五分鐘路程的美容院吹頭髮，再回家自己化妝，這就是引發慘劇的序幕。

嗚呼！悲慘的電視演出

電視台的攝影棚掛著好幾個大型燈具，燈光師會爲了來賓，尤其是女性來賓花好幾個小時調整燈光位置。

我出道時還很年輕，曾經在電視劇演過一個很小的角色。當時有一個對業界很熟的朋友告誡我：「拍戲現場最需要拉關係的不是監製或導演，妳一進現場第一個要打招呼的是燈光師。」

前一陣子和編劇中園美保一起上談話性節目，好像還說到這件事。可是當天在我家客廳只放了兩盞小燈。

我安慰自己：「算了，只是拍個短短的VTR。」

後來就開始錄了。要是當時錄完後我能看一下小螢幕，就能避免之後發生的悲劇。

可惜我當時覺得「自己又不是女明星，不好意思要求看小螢幕」。而且我不熟電視圈，不清楚圈內規矩。

我也擔心像我這樣的外行人向工作人員要求看小螢幕，會不會觸犯大忌？

後來知道原委的朋友，很多人都罵我笨蛋。

還有一個朋友說：「我看到黑木瞳的臉突然大兩倍，還以爲發生什麼事，仔細一看才發現原來是妳！」

回山梨縣省親時，我表姊還用甲州腔說得更毒：「妳還眞敢跟黑木瞳一起出現在電視上耶！」

聽說我的臉拍得超近，皺紋清晰可見。而且我是聽說。因爲所有人一直批評我，所以我到現在還不敢看播出片段。

「我說妳啊！明明本人看起來沒有皺紋，但經過電視鏡頭一放大，那皺紋眞的太嚇人了。妳不該拍這麼近的鏡頭。」

太可惜了！過去我好不容易建立的「名聲」，就因爲這件事崩塌殆盡。

要是我當時狠下心來，覺得被討厭也沒關係，要求看小螢幕的話，就不會有這件事了。

話說回來，我深刻地感受到女明星過的日子有多苦。就那麼一瞬間鬆懈下來，卻被說成「那個○○○變得好老喔」，後果眞是不堪設想。她們時時刻刻都過得戰戰兢兢，要是努力過頭，也會弄巧成拙。

有時候看到以前當紅女明星上綜藝節目，感覺卻很不習慣。可能是因爲她們難得上節目，表現過於興奮，身上穿著現代年輕女孩最流行的衣服，頭髮與飾品也裝扮得太華麗，舉手投足都很誇張。

身爲觀眾，看到這一幕我也忍不住嘆氣：「沒想到年輕時那麼可愛的偶像明星，現在卻變得這麼老氣……」

黑木瞳之所以能成爲時代偶像，是因爲她到了這個年紀，言行舉止還很得體，絕不裝嫩。而且長期保持簡單大方、清秀可人的模樣，眞的很不簡單。

我每次都在想邁入中年之後，維持清純模樣眞的很難。不只要細心保養肌膚、頭髮和身材，還不能被看穿。就算擦了厚重遮瑕膏，也必須看起來很自然，好像完全沒上妝一樣。這簡直就是奇蹟。沒想到我這個笨蛋，竟然敢跟奇蹟一起出現在電視螢幕上……。

金線

先前與各位分享了我在品川護膚診所接受雷射治療的經驗。

事實上，打了三次雷射之後，我還不確定自己是否變美了……。照理說，現在的狀況我應該算是很滿意了，但我追求的是戲劇性的改變。

我問黑田醫生：「打完四次雷射之後，改變應該會比較大吧？」雖然我的語氣有點不客氣，但應該也不至於對醫生造成壓力。沒想到打第四次雷射時，機器功率變大了，眞的快痛死我了……。就算抹上麻醉藥膏，還是會感到明顯刺痛。

結束後，臉上的紅腫與粗糙感比以往更加嚴重，由於我連脖子也打了，臉與脖子的交界處變得非常明顯。這種慘狀維持了三天，有一陣子我完全不敢出現在別人面前。

紅腫與粗糙感從第四天之後逐漸好轉，新的肌膚長出來了，感覺跟過去截然不同！

肌膚紋理變得十分細緻，膚色也比過去白皙，臉看起來小了一圈，感覺上鬆弛部位也變緊實了……。

我很興奮地打電話給黑田醫生，她先是爲我感到開心，接著又說：「我們診所有一位七十多歲的客人，每個月固定來打一次雷射，她的肌膚比我還好呢！林小姐，您要不要也跟她一樣，每個月來打一次呢？」

咦？本來以爲整個療程只要打四次就好，沒想到還要繼續打啊？

姑且不論每個月打一次雷射的費用，每次都要經過五天的恢復期，眞的很煩人。每三十天就有五天臉上紅腫粗糙，對於經常與人接觸的我來說很不方便。偏偏我現在感受到雷射美容的威力，心中非常糾葛。

說到煩惱，我目前在一家週刊雜誌連載醫療小說。既然是醫療小說，當然會有許多醫生登場。其中也包括整形醫生。於是我打電話給以前認識的A醫生，希望他能接受我的採訪，作爲寫小說的參考依據。

可能有些人會問，爲什麼不邀請黑田醫生？由於我們是醫生與客人之間的關係（基本上那是一間護膚中心，雖然進行雷射治療，但我不算是患者），不太方便開口邀請。

我與A醫生很久沒見面了，他很親切地向我介紹現在的整形業界最流行的美容方法。

他告訴我，在臉上埋「金線」的效果最好。

金線是一種特殊的線，從眼頭放入，埋在臉頰皮膚下，可以自然拉提整個臉部線條。

A醫生說：「埋金線不用開刀，而且效果真的很好。許多女明星都有做。」

我將這件事告訴與自己交情頗深的編輯，沒想到她竟然告訴我她想做，更說：「我知道那個不用割開皮膚，效果好像很不錯，我要存錢來做！」

而且還用自己很熟的口吻敘述這件事。看來埋金線不只深受女明星和女藝人歡迎，就連一般女性也知之甚詳。

後來我又跟美容編輯聊起這件事，她的回答是：「我們家的模特兒○○也埋了三條金線，可是整張臉好緊繃，笑起來很不自然。」

從兩者的反應來看，埋金線的評價很兩極。無論如何，「金線」聽起來很順耳。

大眼睛、小眼睛

前一陣子與好久不見的朋友見面。女性的美貌和衰老程度，會隨著居住環境、經濟狀態呈現極大差異。這一點無須我多說，相信各位也有感覺。

我以前只要說：「窮人娶不到漂亮老婆。」

就會有很多人反駁：「話不用說得這麼難聽吧？」

不過，從來沒去過護膚中心、沒用過昂貴化妝品，整天只穿優衣庫平價服飾的女人，就算天生長得再漂亮，美貌也會隨著時間逐漸褪色。

三十歲以前沒錢也沒關係，只要靠著青春與努力就能克服現實問題，成爲人人口中的「漂亮老婆」。可是，一旦邁入四、五十歲，體力逐漸衰退，就必須借重專業人士之手。最大的差異就是年輕時髮質很好，不用經常去髮廊，中年後髮質變得很乾燥，必須經常去髮廊護髮。此時就要靠金錢發揮驚人威力。

我要向各位分享兩個女人的故事，她們都是有錢人的夫人。同樣在東京出生、長大，年輕時都是美女。從外在條件來看，兩人不分軒輊。

邁入中年之後，卻開始出現極大差異，其中一人看起來憔悴苦情；另一位不僅沒有變老，甚至比過去更加美豔動人。

爲什麼會出現這樣的差異？

根據仔細觀察的結果，我發現一件事。

變得憔悴苦情的朋友A，從小輪廓就很深，屬於豔麗型美女。可惜中年以後，深邃的輪廓卻成爲變醜的關鍵。原本漂亮的雙眼皮日漸下垂，臉頰肌肉也變得鬆垮，整張臉看起來就像鬥牛犬一樣。

另一方面，朋友B的長相充滿日本風格，看起來很清秀，這是她最大的優點。正因如此，變老後的差異不大。

過去曾經有一位知名美容專家這麼對我說：「像林小姐這種天生大眼睛的人，一定要特別注意自己的外在。肌力會隨著年齡增長衰退，慢慢地撐不起雙眼。」

眼睛深邃的人，雙眼會隨著年齡增長往內凹，臉型如果像我一樣不夠突出，臉部線條就會往下掉。淚溝也會愈來愈大。換句話說，眼睛愈大的女性，眼周附近的老化現象就會愈嚴重。許多女性會因此動手術解決問題。

話說回來，顯露歲月痕跡的雙眼看起來風韻猶存。我不是逞強才這麼說，我是眞的這麼想。如果整張臉都鬆弛了，卻只有眼睛緊緻有神，看起來才更奇怪。

最近在雜誌上看到某位美容專家這麼說：「年紀愈大愈要使用雙眼皮膠，雙眼亮起來，人自然年輕。」

於是我立刻跑到藥妝店買雙眼皮膠（我真的什麼都試過）。

我已經幾十年沒用過雙眼皮膠，沒想到現在科技如此進步，跟以前的膠水質地截然不同，有些產品使用的是纖維貼。

話說回來，在一張明顯老化的大嬸臉上，有著清晰可見的雙眼皮，雙眼看起來炯炯有神，這種感覺真的格格不入。眼皮應該隨著眼周部位往下垂，才能給人和藹可親的印象，使整張臉的感覺更加一致。這才是最理想的中年臉型。

裸足宣言

我很喜歡德國設計師吉爾．桑達（Jil Sander）。

我現在幾乎只穿她設計的衣服，這是我個人的「主打品牌」。每個人如果都能擁有自己的主打品牌，無論裙子與上衣等單品，都能巧妙搭配出整體造型。很適合跟我一樣既沒時間，也沒搭配能力的女性。

我身邊不乏時尚雜誌編輯、作家、造型師、髮妝師等時尚專家，這些人很喜歡「巡品牌」（Brand Cruising），亦即巡航各個店家，找出自己喜歡的品牌單品，大玩排列組合的搭配遊戲。

最常見的穿著方式是精品品牌的外套搭配丹寧褲，此外，她們還會發揮巧思，將潮流品牌的裙子，搭配優衣庫的T恤，再套上一件使用高級材質製成的開襟外套，戴上各式趣味飾品。共同特色就是，即使上身穿著便宜單品，底下也會搭配一雙好的鞋子。如果穿涼鞋，會選一雙現在最流行的可愛單品。鞋跟高達十二公分的高跟鞋更是基本配備，她們會將購物預算放在鞋子上。

我個人認爲，看起來不耐穿的廉價涼鞋，會讓人顯得寒酸。大多數穿這類鞋子的女性，容易給人一種「日子過得很辛苦」的感覺。

年輕女孩就算穿了一雙鞋頭有點剝落的便宜涼鞋，還能靠渾身散發的青春活力彌補。再說，年輕人沒有足夠預算置裝是很正常的事情。

可是，若邁入中年還在穿破舊的夏季涼鞋，就會變成最大的致命傷。許多小說在描寫生活困苦的中年婦女時，都會從破舊的鞋開始說起。

這就是現代社會的潮流趨勢。中年婦女穿上優衣庫的T恤，會讓人覺得頗具巧思，我自己也很常穿。不過，我會花錢買好一點的鞋子。

我每次如果去需要脫鞋的地方，例如日本料理店或高級日式餐廳，我一定會穿剛買或穿沒幾天的鞋子。

以前我曾經在下雨時穿破鞋，原本想著今天穿完就丟，所以不顧滂沱雨勢硬穿出門。原本打的如意算盤是讓它盡完最後的責任，回家剛好就能丟掉，但各位知道結果如何嗎？沒想到雨勢從傍晚就停了，我的黑色皮鞋開始冒出一大堆白色粉屑。我穿著它去拜訪一家公司，偏偏對方辦公室裡用的是透明玻璃桌，每個人都看到我的黑色鞋子變成白色的，我真的覺得好丟臉。從此之後，只要下雨天我必須前往重要地點辦事，我一定會帶一雙好鞋，並穿雨鞋出門。

不過，此時又出現了另一個問題，那就是「中年大嬸可以不穿絲襪嗎？」

前一陣子，我與一位四十五、六歲的女性友人見面，她的身材相當好，當天穿的是迷你裙與夏季靴子。可惜的是，膝蓋四周因為皺紋的關係，形成好幾層。

由於她的體型過瘦，光從膝蓋頭就能看出與年輕女孩的差異。

我認爲中年婦女應該穿輕薄的高級絲襪，但今年夏天眞的很熱，去年以前我都穿膚色網襪，不過，穿起來還是很悶熱。

因此，從今年夏天，我決定發表「裸足宣言」！

話雖如此，裸足是有條件的。各位要先了解中年婦女的雙腿早已失去年輕時的魅力。不管腿多細，肌膚都失去光澤，摸起來也很乾燥。通常中年婦女的腿都很白，反而突顯了年齡瑕疵。因此，我建議各位多穿褲裝，再搭配涼鞋，或改穿荷葉剪裁的長裙，絕對不能穿迷你緊身裙。只要盡可能減少露出的腿部面積，就能穿出完美的裸足造型。將缺點變成優點的精神，是我們這個世代最需要的穿衣法則。

日本女性之美

我認爲和服是最適合夏季的時尚單品。

夏天屬於年輕人的季節。年輕女孩只要穿上一件露肩露胸的連身洋裝就很可愛，短褲造型也充滿活力。

前幾天吃完晚餐後，我到六本木新城（Roppongi Hills）散步，許多身材媲美模特兒的女孩到這裡乘涼。當時剛好遇到電影散場，一名穿著燈籠短褲的女孩，和一群女性朋友從戲院裡走出來，我忍不住看到入迷。

燈籠褲是一種褲子的類型，指的是褲身跟燈籠一樣膨起、褲管束緊的褲子。

雖然燈籠短褲很短，但那位女孩的腿很修長，穿起來眞的很好看。那身裝扮充分突顯出穿著者的美腿，而且效果確實很棒。讓我忍不住回頭稱讚：「好好看！」

年輕女孩適合穿圖案單品，以及現在最流行的異國風長洋裝。

若中年大嬸也跟著這麼穿，絕對是自討苦吃。許多對自己的身材充滿信心的中年婦女會在夏天穿很露的衣服，看起來眞的很傷眼睛。畢竟肌膚的緊實度與光澤度不如年輕女孩，露出來只會突顯自己的缺點。

有鑑於此，中年婦女究竟要穿什麼衣服才得體，便成爲一門深奧的學問。

最近有許多中年婦女會上健身房消除贅肉，因此短袖衣服還在可以接受的範圍內。

我自己最嚴重的時候已經無法以「蝴蝶袖」來形容，從旁邊來看，上手臂差不多跟身體一樣厚。不瞞各位，我的身體不是普通的厚（胖），相信各位都能想像得到，我的上手臂到底有多粗。

我每次穿無袖上衣，一定會再三確認，也會請我的祕書幫我檢查。如果那一陣子成功瘦下來，祕書就會說：「看起來還過得去。」

如果減肥不見成效，祕書就會清楚告訴我：「看起來眞的很糟。」

對身形缺乏自信的中年婦女，不妨穿著適合夏天的薄外套，搭配簡潔的內搭上衣。若選穿材質較爲透明的單品，則要用心搭配出優雅風格。一定要特別注重小細節。

話說回來，穿和服就沒有上述顧慮。出席任何場合都能穿夏季和服，修飾身形的效果也令人滿意。

日本青山的根津美術館一帶有許多日式茶室，一年四季都能看到許多身穿和服的女性。不久前我還看到撐洋傘的和服仕女，姿態優雅美麗。對方就是一名中年婦女，頭髮往上盤起，一身夏季和服的裝扮，看起來好清爽。

根據我的個人經驗，沒有一位年輕女孩能穿出夏季和服的特色。事實上，年輕女孩撐不起和服，無論哪個季節穿都一樣。更糟的是，一到夏天女孩們就會穿浴衣上街，更讓人覺得不堪入目。

我很清楚中年大嬸說這種話會被大家討厭，但這些年輕女孩什麼樣的浴衣不選，偏偏選擇圖案與顏色都很沉重的款式，束起染成褐色的頭髮，左右兩邊垂下一縷髮絲，打扮得像公關小姐一樣妖豔。爲了省下請別人幫忙穿浴衣的費用，在家裡自己穿，卻綁了一個不合禮儀的結。

如果要這樣穿浴衣，我覺得穿洋裝或短褲，反而能穿出青春洋溢的感覺。想穿浴衣就必須中規中矩，不三不四的穿法只會讓人看了心寒。

和服是成熟女性才能穿的服裝。

夏季穿和服的女性，可說是最頂級的時尚高手，可以放心欣賞。中年女性穿上材質輕薄的和服，優雅地走在街頭的情景，令人感覺一陣清爽。不禁讚嘆：

「日本女性之美莫過於此！」

夏季和服

我想要大聲呼籲一件事。

「浴衣就交給小孩子去穿吧！」

還記得十幾年前，某本女性雜誌做了一個特集，名爲「到歌舞伎座欣賞表演適合穿浴衣嗎？」

浴衣原本是居家服，或是在家附近走動時穿的日本傳統服裝，這個特集就是要探究浴衣是否可以當正式服裝穿。儘管大多數和服店家與意見領袖都認爲「穿浴衣去歌舞伎座也無所謂」，但我是少數的否定派。

我認爲「絕對不行，成年人不能做如此失禮的事情。」

以前的歌舞伎座可說是「和風美學的殿堂」，隨處掛著有家紋裝飾的燈籠。可惜現在已經拆掉，正在興建新的建築物。每年新年第一場公演的那一天，會從日本各地湧進身穿高級和服的優雅女性，加上梨園（歌舞伎劇團世家）裡的婦人，整個大廳熱鬧得像華麗和服展示會。

雖說是夏天，但在這樣的環境裡，參雜著穿浴衣的觀眾，各位不覺得很奇怪嗎？我一定會提出異議。

不瞞各位，我曾經在某個夏天，在歌舞伎座看到一對穿浴衣的夫妻，看起來眞的很奇怪。由於他們坐在兩旁較爲高級的「棧敷席」，加上劇場燈光昏暗，棉質浴衣在這樣的環境裡顯得非常寒酸。從外表推測，兩夫妻應該已邁入中年，這把年紀還做這種事，不知道他們在想什麼。

即使是夏天，到歌舞伎座欣賞歌舞伎，一定要穿有衣襟的正式和服。這就是日本夏季和服最迷人的地方，不僅款式豐富，每一件都有自己的故事。

絽織或紗織製成的透氣絲質和服穿起來很舒適，我個人則是喜歡麻質和服。我在三、四十歲這段期間瘋狂愛上和服，深入鑽研和服，而且大肆購買。

我曾經因爲聽別人說宮古島有一種宮古上布，這是老太太們親手捻絲製成的日本傳統布料，於是立刻飛到宮古島購買。在那之前，還先在沖繩本島買了八重山上布。被指定爲重要文化財的後越上布，穿在身上相當輕盈，透氣舒適。

由於以上布製成的和服都很貴，市面上還有價格較爲實惠的小千谷縮麻布和服。過去還有浴衣派對的時候，我曾經穿麻質和服出席。因爲它不僅有可露出衣襟的單衣，還可以穿足袋襪，免去成年人打赤腳的尷尬。我還記得那天參加派對時，所有朋友都稱讚我的和服裝扮。

話說回來，不管去哪裡，只要穿上和服，所有人都會特別禮遇妳。到餐廳或酒吧時，領班會帶妳到好一點的位子。就算是到咖啡廳喝咖啡，店員也會特地拿大型餐巾布給妳。夏季和服的魅力更勝於此。

藍色素面絽織和服加上蜻蜓圖案腰帶，是我最常穿的和服單品。以一般行情來說，包含縫製費在內，和服約八萬日幣、腰帶約三萬日幣，由於價格相較之下略微昂貴，因此現在很少人穿。但我認爲應該可以找到更便宜的款式。從價格來看和服價値，每個人可能都有自己的想法，不妨以今天出門逛街，看到一件很漂亮的洋裝或套裝那種感覺購買。西式服裝有流行性，三年前的肩線設計和裙子長度與現在不同；若是五年前的衣服，看起來更過時。穿上舊套裝出門，沒有人會讚美。和服就不同了，即使穿上二十年前的和服，大家也會覺得很優雅、有品味。就連我這個中年大嬸穿上和服，身邊的人也讚不絕口。

「夏天就是要穿和服。」

寫這篇文章時，我已經決定今年夏天要穿十次和服。而且我還要穿用越後上布做的高級和服，到新潟縣參加長岡煙火大會。

珍珠的威力

我必須遺憾地告訴各位，夏天是有利於年輕女孩的季節。正因爲青春無敵，只要穿上T恤與棉質休閒褲就很好看。就算身形圓潤，穿著無袖上衣露出手臂，也不會覺得蝴蝶袖太過鬆垮。棉質褲、珠串飾品、卡通人物T恤、所有便宜可愛的單品都是屬於年輕人的！我以前一直認爲穿衣要靠搭配，如果外套很貴，內搭上衣可以選平價商品，所以我經常穿量販店賣的廉價T恤與坦克背心。後來我發現每次穿廉價商品，我的氣色看起來都很差，感覺比平時蒼老。研究之後終於找到眞正原因，問題就出在「光澤度」。

受到年齡老化的影響，我的臉部肌膚早已失去光彩，必須靠布料補光才行。正因如此，最接近臉部的上衣一定要穿高級的棉質或絲質商品。此外，配戴寶石也能發揮補光效果。

前一陣子我到專為年輕女孩開設的飾品店逛，看到一整排珍珠飾品。這裡的珍珠其實是人工的模造珍珠，價格相當便宜。珍珠長鍊只要兩千日幣左右。

我拿起一條珍珠項鍊仔細端詳，愈看愈覺得我這個年紀不能戴人造飾品。

年輕女孩戴上人造飾品，看起來依舊充滿活力、感覺時尚。若是中年婦女配戴，反而會讓肌膚看起來更差。

廉價飾品反射出來的光線，無法增添中年女性的肌膚光彩。邁入熟女階段之後，各位一定要配戴天然珍珠飾品，利用天然光澤為自己打蘋果光。

我從年輕的時候就對其他寶石興趣缺缺，只對珍珠感興趣。話雖如此，我也沒買很昂貴的珍珠飾品。頂多只有一條單顆的珍珠墜鍊而已。後來結婚為了搭配結婚禮服，我買了一串鑲滿大顆珍珠的項鍊，那串項鍊對我來說價格不斐。不過，四年多前我認識的珠寶商朋友，帶了一條很美的珍珠項鍊給我看。無論是色澤、光輝與大小，都比之前我買的那條還要好。

根據他的說法，「沒有一點身家，買不起這條項鍊。」

我還記得後來日本經濟不景氣，爲了資金周轉，他以半價將那條項鍊賣給我，售出的價格就跟我之前結婚時買的珍珠項鍊差不多。那條珍珠項鍊最後還是屬於我的，每次一戴上它，就覺得我的氣色明顯紅潤許多。穿上一件簡單的喀什米爾黑色針織衫，再戴上這條項鍊，瞬間提升不少「女性的品格」。

我認識一位同年齡的女性朋友，她的先生是一名大富豪。每次出席重要場合，她一定會戴藍寶石與紅寶石組成的飾品，或是祖母綠鑲嵌而成的珠寶首飾。看起來確實華麗貴氣，但我個人不喜歡「有色寶石」。我打算等自己的肌膚再老化一點，脖子出現好幾層皮的時候再戴。

話說回來，從「光澤」來考量，我認為珍珠與鑽石最能襯托中年熟女的美麗。其他像是喀什米爾或絲等高級材質製成的衣物，則能讓女性的「臉際線條」顯得更柔和。若論T恤單品，選擇高級棉料製成的款式，絕對能反射出令妳滿意的「光澤」。

每次寫到這類內容，可能有些讀者會認為「這是有錢人才做得到的事情」。我必須提醒各位，年輕女孩有「青春」這項資產。但邁入中年之後，就要用「金錢」彌補失去的青春。若無法擁有經濟上的自由，一切都是虛假的。過了一定年紀之後，財富是讓女性更洗鍊、更優雅的入門磚。

在家中也……

夏天很容易讓人變老，各位是否也這麼想？

最明顯的例子就是邋遢的穿著。尤其是待在家裡時，每個人都想穿得輕鬆一點。大家最常在家裡穿的就是連身裙，不過，卻是沒什麼設計感的單品。

前年我在家都穿一件三千五百日幣的優衣庫連身裙。晚上洗好晾起來，第二天早上就乾了，只要一件可以穿一整個夏天。優衣庫的材質很耐穿，天天穿也不會破。不過，進入初秋之後，版型還是有點變形。我曾經想過該怎麼辦，但最後決定丟掉。一件三千五百日幣的連身裙，足足穿了兩個月，我覺得很划算。

去年夏天，我利用郵購買了一件棉麻混織的裙子，每天都穿，穿到已經完全變形。我今年還是穿這條裙子，搭配T恤到附近辦事。後來我的祕書看不下去，提醒我：「妳每天穿這條破破爛爛的裙子，要是遇到熟人，會很尷尬。」

於是，我又透過郵購買了一件連身裙。這家郵購商店經常在報紙上打廣告，是專爲中年婦女開設的。我看上的是一件網眼材質連身裙，模特兒穿起來的感覺很涼爽，也很好看，我買了兩件不同顏色的單品。可是我想買的XL賣完了，接電話的客服小姐表示，要到八月才有貨。

昨天我的連身裙寄來了，灰色與深藍色各一件。我立刻試穿灰色連身裙，照鏡子一看，整個家裡陷入一片沉默之中。

不一會兒，祕書說話了。「林小姐，這件衣服好像不太適合妳……」

看著鏡子裡的自己，活像是一位邋遢至極的粗俗大嬸。這款連身裙的剪裁很簡單，正因如此，完全突顯出身材上的缺點。

「這件衣服怎麼穿起來這麼難看！我看起來好老喔！」雖然嘴上這麼說，但我還是一直穿著。這兩件連身裙已經成爲我今年夏天的必穿單品了。

祕書還繼續勸我：「林小姐，妳家裡不是還有一堆不穿的衣服嗎？不如從中挑一些當居家服穿，妳覺得怎麼樣？」

她的意見確實很中肯，可惜她完全不懂材質。每次我出門，一定會穿高級品牌的衣服。其中有幾件夏季洋裝是用絲質或高級麻料製成，換句話說，這些都是要送洗的衣服。加上這些洋裝的剪裁都很講究，穿起來其實有些拘束。每次一回到家，我一定會拿下戒指與手錶，接著脫下洋裝。換上已經穿到變形的居家用連身裙或T恤，才終於放鬆下來。

接著一邊喝著冷飲，一邊大喊「唉，好累喔！」拿起電視遙控器轉台，這是我最幸福的時光。

我認識一位年紀比我大一點的女性朋友，她在外資品牌擔任董事，長得十分漂亮。她的先生是一位知名建築師，家裡全是由先生親自設計，地板鋪著大理石，裝潢得十分華麗。他們在家不穿拖鞋，而是穿外出鞋，仿效外國人的生活方式。說到這裡，各位可能已經覺得很不可思議，但更驚人的是，這位女性朋友平時在家裡也穿高跟鞋。不是平底鞋，是高跟鞋！

「我先生不喜歡我在家穿得邋裡邋遢。」

既然在家都穿高跟鞋，可想而知，髮型、衣服也不能鬆懈，一定要追求完美。

擺脫一頭亂髮

我身邊有好幾位「在家也要維持美女形象」的女性朋友。她們大多是有錢人的夫人。通常有錢人的家裡都打掃得一塵不染，裝飾大量花朵，平常吃飯也會注重餐桌擺飾。

生活在這種家庭的女主人，在家裡都穿什麼衣服？當然不會穿優衣庫或郵購商品。夏天一定會穿優雅色調的無袖罩衫與白色褲子。

我第一個想法是「誰在家會穿白色褲子？一下就髒掉了。」可見我真的不注重時尚。我家衣櫥裡的衣服只有「正式服裝」與「日常服裝」兩種，我會花大錢購買「正式服裝」，「日常服裝」盡量選擇穿著輕鬆又便宜的單品。由此可見，我真的跟時尚專家沾不上一點邊。

我很羨慕在家也會打扮的人。雖然很羨慕，但我完全做不到……。我曾經想過要改變，但只能心理上羨慕。我知道我必須改變，就像我之前說過的，覺得夏天太熱就不出門，每天在家穿郵購買來的連身裙，這種生活型態真的會讓人一口氣變老，往邋遢大嬸的路邁進。我心裡很清楚這一點。就算只有我先生在旁邊，我也要稍微注重自己的外表。

首先要改掉的是一頭亂髮。只有年輕女孩頂著一頭亂髮還很可愛，年紀大的女人一定要先改善髮質。由於我在週刊雜誌開了對談專欄，每週至少要上髮廊兩、三次，每次從髮廊走出來，我都能維持漂亮的髮型。問題出在自己在家洗頭髮的時候。以前我習慣讓頭髮自然風乾，乾了之後髮質就會變得毛躁，於是開始改用吹風機吹整。各位可能會覺得用吹風機吹整頭髮是很正常的事情，但對我來說，這已經是很大的改變了。

說到頭髮，我想起一件事。有一次我頂著一頭亂髮，搭乘早上七點出頭的新幹線去外地演講。抵達目的地之後，我忍不住想在當地找一間髮廊吹頭髮，因爲我的頭髮已經亂到我快受不了了。

我不經意地往前看，發現一位頭髮吹整得漂亮有型的美女。原來是評論家櫻井良子，我立刻跑上前去打招呼。劈頭我就問她：

「櫻井小姐，我每次見到妳，妳的髮型都很漂亮，妳都自己吹頭髮嗎？」

「當然不是啊。」

櫻井小姐總是表現出從容大方、優雅溫柔的氣質，說話方式也很可愛，從本人身上完全想像不到文筆竟然如此犀利。

「我每天都請美容師到家裡來幫我吹頭髮，今天早上也是，這是我唯一的堅持呢！」

我發現櫻井小姐的美麗祕密！

我沒辦法每天請美容師到家裡來，但我可以自己去。

當初搬到現在住的地方時，我曾經四處亂逛，找到一間「自己專屬的美髮室」。老闆是一名四十多歲的男性，獨力撐起一家店，早上八點半就開始營業，對我來說很方便。而且吹整造型只要三千日幣，眞的很便宜。從我家走路只要五分鐘，現在很難找到一大早就營業的美容院。不過，還是有令我煩惱的地方。這家美髮室的公休日不是一般常見的星期二，而是星期三。偏偏每個星期三我都有對談或採訪工作，到現在還想不出解決方法。再加上我跟老闆交情很深，完全沒去過鎮裡的其他美容院。

讓人有感覺的長相

有一次，我介紹某位女性與自己的朋友見面，那次的經驗讓我忍不住想，人可能要花一輩子的時間才能圓滿自己的個性。

不曉得是否因爲我的人生經驗比較多，許多人認爲我的人脈較廣，所以會找我介紹男女朋友。我的個性天生比較愛管閒事，只要有人請我幫忙，我一定會全力以赴。

我曾經多次帶著年輕女孩到各種場所相親，卻沒有任何一對成功。

男方最常給我的回答就是「我對她沒感覺」。這個說法好有說服力，男女之間「沒感覺」，什麼事也做不了。

話說回來，什麼是「有感覺」？我認爲就是施展強烈魅力，讓對手臣服。

有一次，我跟某位年輕女孩A子和她的父親一起吃飯，剛好聊到關於A子結婚的事情。

她的父親低下頭向我拜託：「我眞的很希望看到女兒嫁出去，要是妳有適合的對象，請幫忙介紹一下吧！」於是在一次偶然的機會下，我介紹了一個我認識很久的男性朋友，與A子見面。那一天我碰巧在飯店咖啡廳遇到那位男性朋友，立刻打電話找A子出來。

看到A子匆匆忙忙趕來的模樣，我忍不住心想：「這個小女孩不錯喔！」

雖說是小女孩，事實上，她已經三十五、六歲了。以前曾經在國外住過一陣子，工作能力很強，總是在第一線衝鋒陷陣。從A子的臉上，我可以看出她的人生故事。我發現到我的男性朋友一看到她就被吸引了，換句話說，他對她「有感覺」。

那一刻我終於明白，什麼是「有感覺」。人的一生最重要的就是培養出足以吸引別人的個性。年輕時女性魅力確實會受到美貌影響，但隨著年齡增長，外表變得一點也不重要。外表會逐漸老化，反而能讓人看到眞實的內在。中年就是外表與內在勢力翻轉的重要轉捩點，中年以後的女性只有兩種，分別是充滿魅力與毫無魅力的女人。沒有任何人比毫無魅力的中年大嬸更難相處，她們總是抱怨別人因爲自己不再年輕而不理她們，甚至將自己不幸的原因，全部歸咎給整個社會。

什麼是中年魅力？首先，談吐一定要風趣。沒必要講大道理，也無須具備各種知識。不過，若從一個人的回話裡，看不出對方一路走來的人生歷程，確實會讓人感到不知所措。即使如此，也不需要過著波瀾壯闊的特殊人生。

過著平凡的生活，凡事有自己的見解，能與這樣的人聊天也很有趣。我認識許多同年齡女性，有些人交換完名片就沒再來往，有些人我會很想主動與她交朋友，也有人積極與我往來，最後成爲朋友。

有些女性想很多，有些女性完全沒有心機。我從來不認爲這個世界上會有平凡無趣的人生，也不認爲存在著平凡無趣的人。唯一有的就是表現自己的方式過於平凡無趣的人。中年女性最難的就是充滿魅力，讓人期待下一次見面。不過，只要努力一定做得到，我身邊就有好幾位這樣的女性朋友。

京都的美女力

我從小就對身處於風月場所的女性工作者十分嚮往，不過，這是有但書的，我崇拜的是最頂尖的女子。

我最喜歡有吉佐和子與宮尾登美子寫的，與藝伎有關的小說，我想我對於風月女子的崇拜，可能也受到這些小說的影響吧！

幸運的是，長大後我經常去有藝伎表演的地方。大約二十年前，我正在學日本舞蹈，老師常常帶我們去高級日本料理店，拜託藝伎跳舞給我們看。每年一到節分，各地的風月場所就會舉辦「魔鬼變裝活動」，不只是藝伎，客人也可以一起參與。這個時候我會戴上假髮，穿上衣襬拖地的黑色和服禮服，假扮成藝伎。

由於這個緣故，我很喜歡去京都。以前我會假藉各種理由到京都玩，過去風狂愛上和服的那段期間，還會前往和服店，與女性朋友兩人結伴去名店吃晚餐。那時正好是泡沫經濟時代，京都的朋友經常帶我們到高級日本料理店與日式茶屋，看藝伎表演。

現在已經沒有人會帶別人去那些地方，而且我也過了「讓男人請吃飯」的年齡，每次出去玩一定是各付各的。我覺得各付各的比較好玩。

話說回來，我經常在想京都的風月場所深奧難測。那個世界有許多規矩，還有臻至完美的形式美學。像我這種每年只去幾次，偶爾窺探一二的人，不可能深入了解其中的各種緣由，就是這樣的環境創造了京都獨有的美麗女性。

這些事都是渡邊淳一老師告訴我的。在我還是個「小女孩」的時候，渡邊老師就很照顧我，時常帶我去京都。渡邊老師不只是一位大作家，也是當代的風流雅士。他很喜歡京都，曾經在那裡住過一段時間。他寫的每一本以京都爲背景的愛情小說都成爲暢銷書，成功挑起女孩們的心，躍入想像的世界。

我經常跟編輯私底下八卦老師的作品，例如「那本小說的女主角是以渡邊老師的愛人爲範本，好像就是住在○○的某個人。」

言歸正傳，有一天晚上，渡邊老師帶我去某家茶屋酒吧。那裡的媽媽桑美得不可方物，聽說茶屋酒吧裡的小姐都是藝伎在兼差，所以那位媽媽桑也是一名藝伎。

有句話說「出水芙蓉」，用來形容豔麗絕美、清新脫俗的媽媽桑，眞的再適合也不過了。美麗的肌膚、完美的髮型與化妝，渾身散發出一股惡女魅力。各位不要誤會，我所說的惡女魅力是指「要跟這樣的女性聊天，好像要花很多錢」。

雖然我不是很熟悉這個業界，但我認爲實情也差不多是如此。她們散發出高貴不可攀的傲氣，每天晚上見到的都是全日本屈指可數的VIP與各界富豪，卻不逢迎媚俗。最令人沉醉的，就是溫婉輕柔的京都腔……。

「老師，您好，好久不見了……」

兩人熱絡地交談幾句後，渡邊老師這麼對我說：「小林啊，這位媽媽桑的外婆與媽媽都是從舞伎晉升爲藝伎，而且都未婚生女。她也是舞伎出身的，舞伎晉升爲藝伎的過程可說是祇園的超級菁英訓練班。就像一中升到一高，再考進東大一樣的意思。眞的很不簡單喔！」

美女力，真是令人敬畏！

渡邊老師獨特的觀點，使他成爲風月場所最受歡迎的客人。

我想起了與祇園女子有關的小故事，雖然內容可能有些爭議，但各位不妨看看。

那是距今十多年前的事情。有個男人開創了新事業，賺到莫大的財富。所有人都將他視爲「風雲人物」，很快便成爲家喻戶曉的名人。遺憾的是，他在幾年前離開人世。

傳說那個男人幫一個年齡足以當自己孫女的祇園藝伎贖身，這個傳聞很快就傳開來。據說當時花了十幾二十億日幣贖身。所謂贖身，指的是讓歡場女子脫離風月場所，成為自己專屬的情婦。贖身不只要付錢給一路培養她的藝伎館老闆娘，教導她的藝伎前輩們也有一份，因此那個男人花了一大筆錢才讓該名藝伎恢復自由身。此外，贖身就是要養對方一輩子，買一層公寓給她住是基本配備。若以「散盡千金，抱得美人歸」來形容，一點也不為過。

街頭巷尾的人都說：「在這個景氣下，難得有人肯花大錢啊！」

無論如何，那名藝伎走出歡場之後，她的人生只剩那位七十多歲的男人。不管對方給她多少錢，她只能一個人住在東京的公寓裡，等著那個男人來找她。我不禁想像這是什麼樣的生活。

我沒見過那位企業會長，也不認識他，我一直將這個故事當成遠方的童話。雖然很想一探究竟，但就在逐漸淡忘的同時，發生了一件事讓我有機會接觸故事裡的女主角。

我與一位交情很好而且比我年輕的女性友人，一起參加某個和服店的派對，由於舉辦地點就在剛剛說的故事女主角住的公寓裡，因此她也出席了那場派對。

我姑且將故事女主角稱爲B子。B子差不多二十多歲，長得很美，渾身散發成熟魅力。現場有許多和服店老闆，她身上穿的應該是正式的訪問和服，或是較輕便的付下和服，看起來完全不像是普通女性。在這個場合裡，「看起來不像外行人」是最高級的讚美詞。不僅穿著和服的手法精準俐落，態度從容不迫，展現優雅風情，完全沒有歡場女子或公關小姐的俗氣感，這是需要長期磨練與學習才能出頭的風月女子特有的氣質。

派對結束後，我、一起來的女性友人以及B子，三個人一起去我常去的酒吧喝酒。我的朋友也是一位美女，加上她今天穿和服，一時之間爲吧檯增添華麗的氣氛。

平時不苟言笑、惜字如金的酒吧老闆，今天卻開玩笑地說：「今晚我一定要向吧檯客人收取特別服務費才行！」

我就坐在美麗的B子旁邊，同爲女性，我的心竟然撲通撲通地跳。她明明比我年輕，卻擁有鎮住全場的氣勢。我想這就是所謂的「美女力」！

從小就很可愛，所有人都稱讚漂亮的少女，進入一個特別的世界，如今成爲所有男人追求的對象。在這個過程中不僅累積不少財富，還有人拚命買禮物給她。自然散發出女王氣勢與美女力。

既沒氣勢也沒有美女力的我，在她面前圖窮匕現、戰戰兢兢，忍不住想要討好她。我裝作沒聽過她的故事，問她：「B子小姐……請問妳從事哪一行？」

只見她沉穩地動了一下嘴脣回答：「我相信妳已經聽過我的故事了。」掛著淡淡微笑的臉讓我再次敗下陣來。

美女力，眞是令人敬畏！

祇園藝伎真生小姐

話說回來，京都現在仍是一個美女如雲的城市。

不過與以前不同的是，現在沒有人是因爲家境困苦而去當藝伎。現代女孩都是從電視節目與寫眞集上看到舞伎和藝伎的美麗模樣，心生嚮往，於是上網報名加入訓練班，就像報名參加演藝圈甄選活動一樣。不過，想要成爲舞伎或藝伎，必須經歷嚴格的現實考驗。

舞蹈與樂器自不用多說，每天還要學習茶道。不只如此，住在一起的藝伎館老闆娘還會徹底改造個人談吐與舉手投足。聽說這個學習的過程十分艱辛，不足爲外人道。

只想「打扮成舞伎」，看看自己美麗模樣的女孩，很快就會被刷掉。只有努力留下來的人，才能邁向美女之路。

祇園的眞生小姐是來自四國的女子。我第一次見到她，是在四年前的一場宴會上。當時她已是當紅藝伎，我對她的印象是：「好一個身材標緻，個性溫和的女子。」

她剛成爲藝伎，還算是個新人，所以帶有一種素人的感覺。

如今，她已是豔冠祇園的人氣藝伎。個性還是直來直往，毫不矯作，是一個令人疼愛的年輕女孩。不過，渾身散發出一股讓人不敢親近的威嚴感和美麗氣息。

這股「讓人不敢親近」的感覺，正是京都風月女子的傳統特質。舞伎們身穿藝伎館老闆娘（相當於經紀人）代代相傳的豪華和服；藝伎們也穿上品味卓絕的昂貴和服，那一身華麗厚重的造型，無論本人多麼可愛，都會讓客人「敬而遠之」。來祇園的客人絕對不會因爲花了錢就以爲自己是大爺，這樣的互動眞的很少見。

不可諱言的，還是有極少部分集權力、財富或魅力於一身的男性，可以走入她們心中。身爲女性的我，永遠也無法了解藝伎的感情世界。

話說回來，自從認識眞生小姐之後，我一直在想：「雖然同爲女人，但她們的價值與我們截然不同。」

如果眞生小姐只是一個普通粉領族，我想就是一個漂亮女孩而已。但身在京都的風月場所，她的美麗日漸成熟、脫胎換骨，磨練出一般男性無法企及的絕世氣質。事實上，包括眞生小姐在內，熟識的客人會帶藝伎們出入高級餐廳，累積見識，培養出到哪裡都能震懾全場的威嚴氣勢。

前一陣子我看了一部讓我很感動的紀錄片，描述一名想成爲舞伎的年輕女孩，在京都宮川町修練一年的過程。一名剛從國中畢業、外表與時下喜歡玩樂的少女無異的女孩，住進了京都的藝伎館。老闆娘嚴格改造她的一舉一動，連舉筷放筷的姿勢也細細雕琢，並安排一連串訓練課程，學習舞伎該會的所有才藝。嚴厲的訓練課程讓她經常崩潰哭泣，我很擔心她撐不下去。沒想到京都魔法在她身上發酵了！一年之後，她的頭髮已經長到可以綁日本髮髻，身上的和服也與她的氣質完美結合在一起。

最令人不可思議的是，原本給人冷漠印象的小臉，如今已蛻變成充滿女性魅力的漂亮臉龐。

京都魔法

這部紀錄片還有更多令我驚訝的內容。

除了想成爲舞伎的女主角之外，攝影鏡頭也拍到了另一位住在藝伎館的藝伎前輩。

請原諒我說話比較直，這位前輩身材圓潤肥胖，長著一張大餅臉（就是現代所說的國字臉），而且行爲粗魯，從她身上看不到任何一項優點。

我忍不住驚呼：「就算是本人想加入，藝伎館應該也要挑過吧，怎麼連她也行？」

不僅手腳不靈活，還記不住舞步。在練舞場啜泣的模樣，簡直跟我年輕時一模一樣。

看到我都生氣了，對著電視機大罵：「所以我說嘛，妳這個樣子還想當舞伎？也不照照鏡子，別做夢了！」

我一直認爲她一定會中途退出，沒想到竟完成了舞伎的訓練課程，現在已經晉升爲藝伎了。不僅如此，她還教導後輩跳舞，舉手投足之間，眞是美啊！更讓我驚訝的是，她變成一位身形豐腴、充滿性感風情的藝伎，穿起和服來眞的很好看。

京都魔法眞是太驚人了！

請再次原諒我說話太直，如果那個女孩是普通粉領族，就是一名沒人注意的胖女孩。去聯誼也沒有任何男性會找她說話。

神奇的是，這樣的女孩竟然蛻變成一位全身上下散發美麗氣息，充滿魅力的女性。相信她現在一定很多人追，想跟她交往肯定要花大錢才行。京都就是一個只要花大錢與心力，就能完美變身的城市。

我興奮地打電話跟朋友說：「要是妳的女兒長相平凡，一定要讓她去京都學藝。」

如果是天生長得漂亮，頭腦又好的女孩，絕對能憑藉她的才華擴展自己的人生道路。很多藝伎和舞伎都順利找到人生的另一半，共築美好家庭。

我與眞生小姐聊了很久，才慢慢了解她爲什麼能這麼美。

首先，她的肌膚很美。我相信她一定每天細心保養，才能擁有一身白皙透亮的肌膚。化妝時善於運用顏色，白皙肌膚搭配黑色眉毛、黑色眼線與紅色口紅。烏黑秀髮突顯臉部輪廓，表現出日本女性原有的美麗模樣。我身邊坐著年輕女編輯，她也很年輕，同樣擁有美麗的肌膚、明亮的大眼。可惜的是，她將頭髮染成褐色，臉上化的是現在最流行的裸妝。在眞生小姐面前，感覺略顯平庸。

紅色與黑色的化妝方式營造出搶眼的美麗妝，令人印象深刻。不僅如此，只要是別人看得到的部位，包括後頸、耳垂與雙手，眞生小姐都很完美。

從這一點不難看出眞生小姐的自覺，她知道每個角度都是客人會注意到的地方。

每次去看歌舞伎，只要注意後頸部位的髮際，就能認出哪些觀眾是風月場所的舞伎與藝伎。一般貴婦穿和服綁髮髻時，不太會將後方髮際整理乾淨，任憑細微的汗毛留在後頸上。如果是風月場所的女子，不管是東京或京都，一定會將後頸毛髮處理乾淨。她們知道這是男人最常注意到的地方。

在風月世界打滾的女性，即使到了中年還是很美。正因爲她們身懷絕技，才能年紀輕輕成爲藝伎，甚至擁有一家茶屋酒吧，絕對不能小看她們。

清純的眼神

京都風月場所裡的中年女性都很性感。我眞的很想知道，爲什麼她們可以那麼性感？

因爲她們是「現役」的女性，我想這是原因之一。即使邁入四、五十歲，她們依然很美，而且因爲沒有結婚（我記得結婚後要退出這個圈子），身邊不乏追求者。

另一個也是我一直強調的重點，彩妝會影響女性的美。根據我的個人觀察，京都的風月女子沒有人化很濃的眼妝，企圖將眼睛化大一點。日式妝的重點不在於放大眼睛，而是讓眼形變得細長。

我一直認爲大眼睛與女性魅力沒有任何關係，小眼睛看起來才性感。細長清純的雙眸眞的很性感。

前一陣子舉辦研討會，擔任司儀的女播報員就是最好的例子。她長得很好看，眼睛又細又長，看起來好像沒睡飽一樣。她很清楚自己的魅力就在眼睛，所以頭髮刻意綁得蓬鬆，卻不邋遢，整體造型十分得宜。

我喜歡細長的眼形是有條件的，其他五官包括鼻子與嘴唇必須秀氣精緻，再搭配瓜子臉。此外，眼睛雖小，黑眼球必須要大。

我從小就是大眼睛，但從來沒人稱讚過這一點。可能是因爲其他五官長得不怎麼樣，也可能是我的白眼球過多，也就是所謂的三白眼。

我曾經幻想如果黑眼球大一點，我可能眞的是個美女，於是拿出一張照片，將黑眼球塗大一點。沒想到看起來竟然像一隻狸……。

哎呀！我又愈扯愈遠了。總而言之，我不認爲眼睛愈大愈好。而且我很反對中年女性去美容中心種睫毛或戴假睫毛。

容我再次強調，中年婦女的上眼皮會往下垂。種睫毛或戴假睫毛仍無法讓自己感覺年輕，正是因爲這個緣故。

年輕女孩種睫毛可使雙眼變大變亮，讓人一看就覺得充滿朝氣；相反的，中年婦女種睫毛看起來像遮陽棚半遮的商店一樣，對外宣告「營業時間即將結束」。

有些過了中年的女明星「進廠維修」，將眼睛整成大大的電眼，上電視的時候，看起來就是少了一點性感魅力。反而是隨著年齡增長，眼睛變得又小又細的女明星，散發出無可言喻的女性風情。

我喜歡像京都女性一樣，完全不對眼睛動任何手腳；我也喜歡在下垂眼皮畫上粗眼線的做法。會這麼化眼妝的女性大多從國外回來，上了年紀依舊亮麗。

無論如何，種睫毛與假睫毛這類輕飄飄的裝飾品，最不適合中年婦女，絕對不要嘗試。

說到這裡，閃亮亮的眼妝也不適合中年婦女。我擦眼影時，絕對不會選擇有亮粉的產品，亮粉只會讓臉看起來更腫而已。總而言之，避免過度鮮明、輕飄飄、閃亮亮的物品，只靠自己的「眼神」一決勝負。即使不像日本模特兒黑木美沙一樣，擁有一雙攝人心神的電眼，活到這把年紀的熟女怎麼可以沒有一雙有神的眼睛？

不妨將自己的魅力留給身邊認爲「一味追求年輕女孩的男性最沒教養」的男性友人，向他們施展自己的魅力吧！

年輕時的我

有魅力的女性究竟是什麼模樣？

一定是因爲我的人生已經進入下半場，所以最近我一直在思考這件事。

這幾年我有一些體悟，我認爲人的一生必須慢慢累積經驗，努力不懈，磨練出受人喜歡的個性。

每次我跟先生分享這類想法，他就會如此反駁我：「別人不喜歡自己也無所謂，個性陰鬱又有什麼不好？這也是一種個性啊！」

他說的確實有理，但看著生活圈狹窄、朋友也很少的先生，我也忍不住覺得只要他開心就好。

話說回來，年輕時的我完全沒有朋友，從來沒經歷過「受歡迎」、「受人喜歡」等經驗。

雖然有些人會客氣地說：「我相信林小姐從以前就是一個全身散發光芒，幽默風趣的人。」事實上，我從小行爲舉止就很怪異，與其他小孩完全不一樣，以現在的流行語來說，就是個「小屁孩」。

這樣的情形在我工作之後變本加厲，儘管我從事的是廣告文案撰寫人，這份工作聽起來光鮮亮麗，但事實上我吃了很多苦。當年從事這類走在時代尖端的工作，必須具備「熱愛時尚」、「消息靈通」等特質，我完全沒有這些特質。穿著打扮很老氣，從來沒去過六本木與新宿的迪斯可舞廳。套句現代的流行語，我是個不折不扣的「邋遢女」。

心態上我覺得自己矮人一截，卻擁有高傲的自尊心。我會小心翼翼地看別人臉色，盡量配合別人。這樣的女孩有誰會喜歡？

那個時候發生了一件事。當時我任職於一家只有十個人的小型廣告公司，有一天設計師說：「今晚我要在家開啤酒派對，歡迎大家來玩！」接著又說：「我還邀請了造型師〇〇子、攝影師〇〇，你們有誰要去？」

於是他開始從前排的同事開始點名，一、二、三，到我這裡卻跳過我，四、五……從我旁邊的同事算起。

那件事到現在三十年了，我至今仍無法忘記當年的悲慘心情。

當時沒人理會的我，現在卻成爲大家爭相邀約的搶手貨。

「林小姐不去就辦不成了。」

「我想跟林小姐一起吃飯，只有一次機會也好。」

老實說，我現在每天都會收到不少邀約。我雖然沒辦法全部答應，但有時爲了顧及人情義理、友誼與各種情義，我眞的是忙不過來。每天晚上幾乎都有晚餐約會，必須刻意排開才有私人時間。

我先生經常生氣地說：「爲什麼妳什麼事都答應？爲什麼都要當好人？」

我相信如果我先生也曾經歷過「點名點到前三個，自己被跳過往下數第四個」這種事情，他一定能體會我的心情。

不瞞各位，這件篇文章在連載刊登出來時，以前的公司前輩出面形容我，他說：「她總是裝出一副到哪都要跟的樣子，讓人很討厭。」

他說的沒錯，我太顧慮別人的感覺，總是不敢表達自己的意見，想去哪兒也不敢說，但其實大家都看在眼裡。總之，我是眞的被討厭了。

魅力女性

我認爲我現在是受人喜愛的女性，不過，我的工作需要露臉與掛名，我相信討厭我的人一定以幾十萬爲單位計算。背著我說壞話的人一定也不少。

話說回來，曾經有年紀比我小的女性友人這麼對我說：「只要見過林小姐，每個人都會愛上妳。」

這句話給了我不少自信。

年輕時的經歷與出道後遭受到的流言蜚語鍛鍊了我，現在的我認爲「女人最幸福的事就是受到男人疼愛；身爲一個人，最幸福的就是被他人需要」，這就是我的人生觀。

「被需要」這件事是我這一生最重要的課題，所以我才會這麼努力工作。

這一陣子我終於領悟到一個道理。

「不爲他人付出，別人就不會爲你著想。」

有錢的人要大方請客、送禮表達心意；有人脈的人要利用關係爲他人造福；關懷別人的人多付出自己的關心。總而言之，完全不爲別人付出的人，絕對不會受人愛戴，也沒人想要理會。

話說回來，有些人什麼也沒做，卻擁有一堆朋友。這種人或許可說是眞正有魅力的人，但我從來沒看過中年女性有這樣的魅力。

我認識的魅力女性都是工作認眞、事業有成，從中學習人生智慧以及做人處事的道理，與她們相處十分有趣。

我曾問過一位與我感情深厚的女社長，擁有什麼特質的人會讓她決定錄取？

她立刻回答我：「個性開朗，熱情堅強。個性開朗是基本條件，太過軟弱的女性無法爲這個社會有所貢獻。」

這句話就是在說她自己。脫口說出這番道理的她，也是一位充滿魅力的現代女性。

我最討厭聽到別人說「女人要生孩子才能成長，從孩子身上學習能讓女人自立自強。」

照他這個說法，我身邊大多數女性都無法獨當一面。要是生兒育女就能成爲一位有用的人，我忍不住想要反駁，生了六個小孩的小太妹又是怎麼一回事？

我想說的是，去愛一個只愛妳的可愛小嬰兒，不會讓自己迅速成長。唯有工作才能讓人承擔重任、發揮所長。

工作時必須與自己討厭的人相處，有時還要低聲下氣地求別人。我們必須學習如何讓別人接受自己的想法，同時保持靈活的協調性。處理重要工作時，既要讓客戶開心，又不能卑躬屈膝，經過重重修練，讓自己成爲受人注目的關鍵人物。

我一直相信，當人每天生活在這樣的狀況下才能改變自己。我身邊的職業女性每一位都充滿獨特魅力。儘管許多人擁有強烈的自我主張，但她們具備超越想法的執行力，讓人不禁跟隨她們的腳步。

說到這裡，一定會有人懷疑「難道沒在外工作的家庭主婦就毫無魅力嗎？」事實並非如此，這也是人類有趣的地方。許多生活在黃金城堡、不問世事的貴婦，也擁有獨特個性與風趣談吐。

續・魅力女性

關於魅力女性，我還有更多想法。

魅力女性指的是幽默風趣的人嗎？這一點確實很重要，說話技巧是魅力人格的重要元素。風趣的談吐是職業女性的一大利器，尤其在媒體界工作的女性，她們每天接觸充滿刺激性的事物，永遠不缺話題。

我熟識一位編輯，名爲C子。她可以說是業界有名的編輯，不只本業做得有聲有色，還寫專欄，參加談話性節目的演出。她本身就是一位妙語生花的女性。

編輯工作原本就需要一顆聰明的頭腦，從優秀大學畢業的新鮮人，必須接受好幾次面試考試，其中一次是小組會議，應試者若能在會議上發表個人意見與獨特觀點，才有機會脫穎而出。

雖然有些編輯不免讓人懷疑當初他怎麼通過高難度考試的，但那是另一個問題，在此不予深究。基本上，編輯必須聰明，擁有豐富知識。說話有趣也是條件之一。C子最受作家讚許的優點就是頭腦相當靈活，個人素質也很高。

每次我開她玩笑，她一定會立刻說出更好笑、更機智的回答。跟她相處眞的很開心，她也很受男性歡迎。她就像是一齣戲裡的甘草人物，炒熱現場氣氛，不僅如此，戀愛經驗也很豐富。

話說回來，「幽默風趣、會說話」確實是魅力個性的一大因素，但其他特質也很重要。

這個世界上不乏惜字如金卻充滿魅力的女性。某名人的夫人D子女士年屆八旬，在過去那個年代是身分特殊的歸國子女。從小精通法文、英文，平時不會主動搭話，總是在一旁安靜地微笑。

有一次，我的一個朋友眼眶含淚地對我說：「每次打電話給她，聽到她的聲音就令人感到安心，心裡覺得好溫暖。向她訴苦時，她從不說任何話，只是靜靜地聽我說，讓我的情緒完全抒發。」

要做到這一點眞的很難，可見D子女士有多厲害。

「只要出現就讓人感到幸福。」擁有這項特質的女性十分少見。C子也是一名超高等級的魅力女性。唯有腦袋極度靈活的人，才能說出令人拍案叫絕的話來。

C子與D子女士是兩種完全不同的典型，一般女性只要以兩者加起來除以二爲目標即可。

無論是職業婦女或家庭主婦，凡是有教養、有學識的人，說話一定風趣機智。話說回來，雖然機率很低，但有時候確實會遇到不思成長，毫無任何知識，不管做什麼都惹人嫌的人。許多藝人屬於這種類型，但這算是相當罕見的個案，在此點到爲止。

最近我發現許多人都不訂報紙，這一點令我相當驚訝。我並不想談論艱澀難懂的政治議題，但我會與大家閒聊，說說這個世界上最近發生的事情。

沒想到我只是說一件稀鬆平常的事情，就有人說：「什麼？我不知道有這件事！」

那些人就是不看報紙、不看雜誌、不讀書的人。不在乎這個世界上發生什麼事的人，也不會關心其他人。他們在意的只有自己的家人。

跟這些人聊天，話題僅止於自我吹噓或怨天尤人。很多人不了解，沒有人想知道你家發生什麼事，偏偏每次參加派對，都會看到許多這樣的人。

時尚女性

人生在世會累積各種經驗，學會如何控制自己的情緒、學會如何解讀別人的情緒。人的一生一定會遇到受人喜歡、被人討厭種種經歷，在人際關係學到的失敗經驗，慢慢內化成自己的個性。這就是人生旅程。

邁入中年的女性已經走過一半的人生旅程，磨練出鮮明的自我個性。我們經常用「散發光彩」來形容一個人，事實上，這個光彩來自於鮮明的個性與善解人意的細膩心思。

過去十五年來，我一直擔任週刊雜誌的「公關小姐」，每週與各界名人見面，打好關係。在這個過程中，我遇見許多「全身散發光彩」的人。演藝圈中被譽爲天王天后的明星就是最好的例子。

基本上，全身散發光彩的人都是魅力業界中的一流菁英，其次則是「吸引眾人目光的人」。

提到初次見面便讓我無法移開目光的人，我想就是打扮入時的時尚人士。換句話說，我沒看過任何不追求時尚的人充滿魅力。

即使從來沒看過時尚雜誌的廣告文字，時尚還是會深深影響一個人的人生態度。因爲一個人的外表呈現他的內在。

年輕時我完全無法認同這一點，以前我一直認爲「一個人穿什麼衣服與他的內在無關」。

我說過好幾次，年輕時候的我是一個完全不關心流行、時尚的女孩。身上穿的不是條絨褲（以前不說燈芯絨褲），就是有著螺旋線條拼接的牛仔裙（好懷念）與T恤。大學畢業後找不到工作，只好打工賺取生活費。在這個階段不注重穿著還能說得過去，但自從進入小型廣告公司擔任廣告文案撰寫人之後，公司前輩忍不住對我說：「妳從事的是創意工作，但穿著打扮卻很落伍，妳應該多看雜誌，學習怎麼穿衣服。」

前輩還親切地送了《an.an》、《non-no》給我看。但我當時年輕氣盛，還向前輩回嘴：「我覺得不管我穿什麼衣服，只要我腦袋裡有東西就好，外表與內在完全是兩回事。」

到了這個年紀，我才發現當時的我錯得多離譜。一個人的內在就是外表、外表就是內在。

不關心自己穿什麼的人就是對自己沒興趣；覺得流行很無聊的人，想法通常都很頑固。每次看到一群大嬸聚在一起，就會有一種沉重、透不過氣的感覺，這是因爲她們大多穿著黑色、灰色或褐色的衣服，以及看不出身材線條的長裙。

接下來我要說的個人觀點，可能很多人會認爲是偏見，不過，我沒辦法跟以下兩種類型的女性交朋友。

會讓我第一眼就認定「我不想跟這種人交朋友」的穿著類型有兩種，第一種是穿著三宅一生PLEATS PLEASE品牌服裝的人。這個品牌的衣服適合身材姣好的年輕女性穿著，一穿就很時尚。許多中年女性認爲它「方便又便宜」而穿，這種人我實在沒辦法恭維。

另一種則是將和服改成西式服裝穿的人。七、八十歲以上的老年人不在討論範圍，我沒辦法接受中年女性得意洋洋地穿這類衣服。這兩種人都有一個共通點，那就是自尊心很高，覺得自己特別時尚。她們不知道自己根本與魅力女性沾不上邊，才會有這樣的心態。

肌膚的基礎體力

以前我很喜歡看時尚雜誌，但現在幾乎不看了。

我知道爲什麼，因爲這陣子體重直線上升，怎麼減都瘦不下來。到了這個地步，看時尚雜誌裡的穿著搭配照只會徒增傷心罷了。

照著雜誌內容學習駝色裙子的搭配方法，卻發現沒有一件裙子穿得下去。

看到雜誌裡說皮外套搭配女性化上衣，就能展現可愛的熟女風情。試穿後才卻發現兩年前買的杜嘉班納（DOLCE&GABBANA）皮外套變得很緊，雙手完全無法活動。

遭受重重打擊後，乾脆跳過時尚穿搭特集，只看彩妝專頁。

說到肌膚，這一陣子我的肌膚狀況相當好。進入秋天之後，肌膚變得愈來愈滋潤，肌膚紋理也比往年細緻。對了，我也跟各位分享過，爲了撰寫連載專欄，我還特地接受了三次雷射治療。

不僅如此，外表跟偶像明星一樣漂亮的黑田醫生，還建議我最後打一次電波拉皮。我上一次做電波拉皮已經是十年前，這一次打不像十年前那麼痛，而且眞如黑田醫生所說，兩個月後我的肌膚呈現出最佳狀態。

於是我翻開雜誌裡專爲中年女性設計的彩妝特集，發現裡面一定會介紹遮瑕膏的用法，幫助讀者修飾惱人的斑點與皺紋。遺憾的是，使用遮瑕膏之後，再抹上粉底，就會讓妝感看起來很厚重。

外國（歐美）女性看日本女性，最令她們印象深刻的地方就是「厚重粉底」。這似乎是亞洲女性的共通特色，中國大陸與韓國女性也會擦厚厚一層粉底。我遇過的美國和歐洲女性，大多數都沒擦粉底，也不修飾斑點。

我過去也是素顏主義者，有一段時間只擦藝伎用的白粉。我認爲這個做法對肌膚比較好，於是得意洋洋地逢人便說：「皮膚科醫生說每天擦粉底，就像每天擦油漆，再用稀釋液清除一樣。」

遺憾的是，中年女性不擦粉底，看起來既沒精神，也不美麗。各位如果不信，拍張照片看就知道了。每次跟朋友一起拍照，只有我的膚色特別暗沉。感覺就像看到一個中年大嬸刻意挑戰穿短裙不穿絲襪的造型，眞的慘不忍睹。根據我的個人經驗，我認爲熟齡肌還是要蓋上一層紗比較好看。

話說回來，就算要擦粉底，我也不想擦質感厚重的粉底霜。我現在只擦紀梵希（GIVENCHY）的妝前飾底乳。這款飾底乳的遮瑕效果相當好，擦上去的感覺就像擦粉底液一樣。擦完妝前飾底乳後，再輕輕按上一層白粉即可。

簡單的兩個步驟就夠了。不過，若要讓人讚美「妳的肌膚眞好」，平時絕對不可缺少按摩、雷射治療與電波拉皮等保養方式，增加肌膚的基礎體力。

身體也是同樣的道理。若能維持沒有贅肉的窈窕身材，隨便套上簡單的T恤與丹寧褲就很好看。遺憾的是，我完全沒有這方面的基礎體力。明明肌膚只要保養就能變好，爲什麼身材就是瘦不下來？

「風情萬種」的眉毛、「平凡無奇」的眉毛

眉毛可說是女性臉上的生命線。

今天我到常去的美容院吹頭髮，我坐在椅子上昏昏欲睡，最後美髮師竟舉起剪刀對我說：「不好意思，我幫妳剪一下喔。」剪的不是頭髮，而是修剪起我的眉毛。

我覺得很難爲情。我現在的眉毛不像年輕時雜毛亂長，中年以後，我的眉毛再也無法往旁邊刷，而是無力地往下垂。沒錯，就像過去某一任首相一樣……。

保養時我完全忽略眉毛狀況，沒有細心檢查，所以跟我很熟的美髮師才會看

不下去地幫我修剪。不只是眉毛，年齡增長是一件很恐怖的事情，鼻子下方的汗毛還會一天天變濃密，加上老花眼的關係，無法照顧到細微部位。兩項因素加起來，令人更加悲慘。

爲了避免尷尬情形，我跟兩位祕書說好，發現彼此服裝儀容有問題時，一定要告訴對方。

嗯，看來我又跟以前一樣扯遠了。雜誌上的美容專頁一定會有「如何畫出美麗眉型」這個主題。不過，誠如「過與不及，皆有失之」這句話的意思，眉毛畫得過於工整，反而會讓人看起來更老。

有時候我到鄉下地方工作，不對，我在東京老街也看過，小酒館的媽媽桑將眉毛全部剃光，再用褐色眉筆畫眉毛。這樣畫出來的眉毛會讓女性瞬間變成大嬸，看起來一點也不優雅。

令我驚訝的是，最近我才發現這樣的眉毛在某種男人眼中是一種「風情萬種」的表現。我又要再次岔開話題了，近來發生了一件事，讓我忍不住深入思考「風情萬種」的意義。有一位女明星長得很漂亮，既受歡迎，頭腦也很好。可是，不知道爲什麼，她總是給人二流明星的感覺。不過，男性週刊雜誌很喜歡這位女明星，經常製作特集大捧特捧。

對於這樣的現象我覺得很不可思議，不明白這位女明星爲什麼可以經常上雜誌。最後，我得到一個結論，這種二流明星的感覺帶有無可言喻的「性感風情」。

《敗犬的遠吠》暢銷作家酒井順子，對穿著透明絲襪的女性做出以下評論：「維持平日的模樣看起來就很『風情萬種』。」

她的論點非常犀利。我們該追求的不是特殊的「性感」，而是維持正常狀態就能散發的「風情萬種」。如此一來，我們都能輕鬆做到，也較容易達成目標。

我想說的是，中年女性不要畫跟「鄉下小酒館媽媽桑」一樣的眉毛，而是維持正常狀態，看起來自然年輕的眉毛。

話說回來，這一點對中年女性相當不利。眉毛會隨著年齡增長愈來愈細，年輕時我的眉毛跟女星布魯克・雪德絲一樣又粗又濃密。可惜當年流行細眉，我拔了很多眉毛，只爲修整出細細的眉型。當時一直認爲反正眉毛會再長出來，便有恃無恐地拚命拔。這陣子我的眉毛委靡不振，本來以爲會再長出新的眉毛，誰知道眉毛前端下垂得愈來愈厲害，眞是悲哀啊……。

過去的記憶與流行趨勢很快就會被遺忘，女人的眉型更是如此。我現在也不想化眼妝了。年輕人化眼妝很好看，但上了年紀的女性要是還化完整的眼妝，看起來就會很奇怪。我現在每天都會親手畫眉毛，以今年流行的色調用心畫出現在最流行的眉型。我相信只要畫上好看的眉毛，任何長相都能變美。

眼妝的今昔變化

我今天去看了淺丘琉璃子演的音樂劇。

我跟琉璃子是在五年前寫傳記小說《RURIKO》時認識的。

一想到要跟大明星見面，內心就感到十分緊張。第一次見面時，琉璃子脂粉未施，和藹可親，同時散發出一股凜然的光彩。眞是美啊！當時她已經六十多歲了，還是美得不可方物。她的妝很特別，聽說她每天都花兩個小時以上親自上妝。大家熟知的粗眼線、假睫毛是她最大的特色，而且像她這樣的美人，畫起來尤其好看。琉璃子可說是讓假睫毛普及於日本社會的最大推手。

說到眼妝，最近的年輕女孩眞的很驚人。就連一般上班族也會黏假睫毛、畫粗眼線。我不贊成高中生戴假睫毛，但年輕人化電眼妝，看起來像洋娃娃一樣，確實很可愛。

我從以前就大聲呼籲，中年女性不要戴假睫毛，也不要種睫毛。不過，我也跟各位提過，前一陣子我看到一篇美容報導寫道：「年紀稍長的女性如果眼皮鬆弛，建議使用雙眼皮膠改善。」於是立刻買來使用。

雙眼皮膠……好懷念喔！我念高中的時候，臉上還帶著嬰兒肥，連單眼皮上也是肉，眼睛老是睜不開，看起來好像沒睡飽的樣子。每天放學回家我就用雙眼皮膠黏雙眼皮，考試念書時也用指南針的尖端刺激眼皮。半年之後，我眞的擁有雙眼皮了！

高中時我有一位同學因爲睫毛倒插動手術，結果班上同學都在背後說她壞話，認爲她明明是爲了割雙眼皮去整型，還故意說是睫毛倒插。

唉！想到雙眼皮膠就想起我的青春年代，那是我最珍貴的青春回憶。

後來我到藥妝店買了雙眼皮膠。不過，現在的產品相當先進，只要將特殊纖維彎成適當弧度並貼在臉皮上即可。一秒鐘就能擁有清晰明亮的大眼睛！

黏好後，我立刻轉頭看著祕書，向她獻寶。沒想到她看著我的臉，笑著說：「好奇怪，眞的好奇怪。」

她說的沒錯，中年女性的臉上不適合深邃的雙眼皮。既然如此，那就畫眼線吧，沒想到這幾年眼線愈畫愈粗。

眼線要畫多粗才適當？這是一個深奧難解的問題。粗眼線確實能讓眼睛變大，但也會看起來更老，瞬間變成俗豔大嬸。除非妳長得跟琉璃子一樣美，否則千萬不要畫粗眼線或下眼線。此外，也要避免使用眼線液。我除了穿和服之外，基本上我不用眼線液。因爲眼線液畫出來的眼線很假，會讓雙眼看起來就像大嬸一樣。只要用眼線筆在睫毛根部畫上細細的眼線即可，接著再擦上大量睫毛膏。

擦睫毛膏之前，一定要用睫毛夾將睫毛夾翹。最近有許多女孩會趁著坐電車時，一手拿著鏡子，一手用睫毛夾，剛開始看到時，我眞的嚇到心臟快停了。

長長的睫毛夾是女人的祕密武器。有一次我忘記收進化妝包，被男朋友發現，他一臉厭惡地用兩根手指頭夾起來，驚訝地問我：「這是什麼？」我眞的覺得好丟臉。每次外宿後的早上，我都忍不住想起過去發生的事情以及眼妝。

口紅的運用技巧

大家都知道大紅色口紅會讓人顯老。

我一直在想等我從中年邁入老年，頭髮全白時，要是我沒有駝背，還能直挺挺地站著，我一定要擦大紅色口紅。不過，在還沒到達那個年紀之前，絕對不能擦大紅色口紅。我認識一位女性朋友，長得很漂亮，才四十五、六歲。她是一個自我意識很強的人，每天都擦大紅色口紅。口紅顏色影響了她的美貌，看起來好老，感覺也很粗俗。與我熟識的髮妝師還對我說：「要是她能改變妝，特別是口紅顏色，一定會更好看。」

以現在最流行的彩妝來說，中年女性要擦裸色系口紅，減少脣部的存在感即可突顯眼妝。我個人擦的是最適合中年女性的裸粉紅色。爲了表現嘴脣光澤，我一定會擦脣膏，再輕輕點上一點脣蜜，讓妝感更優雅。

有一次我在餐廳吃飯，一抬頭看到鏡子裡的自己，不禁嚇一大跳。又老又醜已經沒辦法改了，竟然還臉色暗沉，感覺很陰鬱。我發現自己太注重流行趨勢，沒發現擦裸色系口紅是最大敗筆。

回家之後，我立刻打開抽屜，拿出化妝品。每次穿和服出門，我一定會擦霧面粉底，讓膚色看起來白一點，還會用眼線液畫眼線，擦上紅色口紅。我試過很多彩妝，這個帶有古典味道的妝最適合和服造型。由於這個緣故，我有好幾支大紅色口紅，那一天我立刻將裸色系口紅與大紅色口紅混在一起使用，一擦就覺得氣色變好了。原本還擔心我加太多紅色，但效果看起來很好。不過，感覺上確實有些庸俗，一點也不精緻。爲什會這樣？因爲我們不是模特兒，流行彩妝很難讓我們變年輕，我們只能妥協。

即使如此，年齡增長還是有幾個好處。其中之一就是嘴脣變薄了。年輕時我的嘴脣相當厚，還有人嘲笑我的嘴長得像鱈魚子。厚脣可說是醜女的象徵。

還好時代改變了，厚脣如今已成爲性感象徵，還有人刻意打玻尿酸豐脣，不惜動手術豐脣的人也大有人在。不瞞各位，我就有一個朋友最近去動了豐脣手術。那位朋友年過五十，卻有豐厚的脣以及緊實的眼睛。我相信她一定花了一大筆錢，但沒人知道她爲什麼要做這麼明顯的整型手術？

如果我們交情夠好，我可以直接問她是不是動了眼睛與嘴脣，並給她一些建議。可惜我們的交情不到那個地步，我沒辦法不注意到她那極不自然的雙脣，內心眞的很掙扎。

明明厚脣在這個時代比較吃香，爲什麼只有我的嘴脣愈來愈薄？現在已經薄到跟一般人一樣的程度了（我認爲如此）。

由於這個緣故，我每次擦口紅時都會將外唇線畫大一點。有時候我會看到有些女性以不同顏色的唇線筆畫外唇線，裡面再用顏色淺一點的口紅塗滿。儘管這種妝給人一種妖豔感，但除非是女明星，一般人畫起來會很蒼老，而且看起來有點恐怖。

無論如何，口紅屬於消耗品，不妨多加嘗試購買。我一直很不喜歡在化妝品專櫃用別人用過的口紅，但最近專櫃小姐會挖一點下來，方便客人試用，這個方法比較衛生。

人懶沒藥醫……

向田邦子的散文裡，有一段話是這麼寫的：「在那一刻我感覺到自己變成了大嬸。」

有一次她發現自己駝著背坐在椅子上，有感而發地寫下這段話。

話說回來，過去這三個月，我確確實實感受到自己變成大嬸的事實……。我的連載專欄瞬間暴增，工作量已經超過我的負荷。再怎麼沒日沒夜地寫，也趕不上截稿期，就連週末也要工作。

寫小說是一件耗費體力的工作。爲了幫原本就不靈活的腦袋充電，維持全力運轉的狀態，以「補充能量」的名義拚命吃巧克力。我看過一個電視節目，負責現場口譯的工作人員每二十分鐘交接一次，休息時就吃巧克力補充體力。我的做法就跟當時的口譯員一樣。甜食一吃進口中，就能立刻轉換成養分。

就是因爲這樣才會愈來愈胖……但只要我一這麼說，就會有人反駁「明明就有瘦又漂亮的女作家」，可是我的體質跟她們不一樣，請大家睜一隻眼，閉一隻眼吧！

總之，我的工作愈來愈忙，好久沒去護膚中心和美甲沙龍，也沒時間去做加壓訓練。現在已經不像以前那樣，晚上天天聚餐，不過，有聚餐我一定會去。每次有聚餐，我都會盡快結束工作，和朋友吃吃喝喝已經成爲我現在唯一的樂趣。正因如此，我才會愈來愈胖。

過去我每天早上都會量體重，隨著數字上下開心憂鬱。可是，我現在完全不量體重。我已經變成大胖子，若看到數字成天驚嚇悲傷，我可受不了。最後就是陷入愈來愈胖的惡性循環裡。

去年的衣服我已經穿不下，現在完全不想打扮自己……事實是，就算我眞的想打扮也打扮不起來了。

有一次我搭計程車經過表參道，心中頓時湧現一股強烈的悲慘情緒。我坐在計程車上，看著路邊矗立的精品品牌店，其中包括幾間過去我經常光顧的名牌店。以前只要推出當季新品，我一定會開心地在店裡試穿洋裝與外套，但現在我可能再也沒機會去了……。

我忍不住想：「原來女人就是像這樣一步步變成大嬸的啊！」

每天都穿同一件衣服，於是愈來愈懶得打扮自己。

要我公開這件事眞的很難爲情，這個故事充分顯露我有多邋遢、多丟臉。

事情發生在五天前，那天很冷。我相信大家都知道，冷是孳生「邋遢菌」的溫床。

那天我穿了一件白色薄針織衫，那件我已經連續穿了三天。由於只穿針織衫還是覺得冷，於是又套上一件厚的套頭毛衣。

很快就到了出門時間。正常來說，我應該要將上衣全部換成外出服，再去附近的美容院，但心想今天要參加的派對應該不會遇見什麼重要的人，於是便將毛衣脫掉，換上那一陣子常穿的雙領夾克。在派對上我一直沒發現自己出糗，直到去化妝間才驚覺大事不妙。我忘記我今天穿的是黑色內衣，而且是阿嬤的衛生衣！所有人都看到我穿阿嬤的衛生衣了，眞的好丟臉！不過，會覺得丟臉就代表我還有救？一想到我可能再過不久就覺得「這沒什麼」，不禁打了一個冷顫。

親切的人種——中年大嬸

五十歲之後，我發現了一個事實：「我根本就是大嬸性格。」愛管閒事、待人親切、充滿好奇心、愛聽又愛說八卦……。是的，年輕時總覺得這種個性很討厭，一旦自己看起來就像大嬸，反而變得很適合我。

現在我只要迷路，看到旁邊有人，我一定會開口問路。前一陣子走出地下鐵車廂時，有位旅客問我JR東京站怎麼走，我抬頭一看，對方好像是個外國人。於是我跟她說：「我帶妳去吧！」路上我忍不住跟她聊起來：「妳是哪一國人？喔，來自印尼啊！妳的日文說得很好呢。喔，原來妳有來過日本留學啊。眞開心，謝謝妳大地震後還願意來日本玩。」我們就這樣一邊聊天一邊往前走。若對方是一個年輕女孩，可能就沒辦法這麼做。

前一陣子我搭電車，前面站著一群大學生，說話相當大聲。「糟了……這是去○○的急行電車，我們要怎麼去澀谷？」「你們可以在下一站××下車，轉搭△△線。」我真的看不下去了，如果要去澀谷，在我下車的那一站搭公車還比較快。到站後下了電車，他們也一臉迷惘地下車。我忍不住跟他們說：「年輕人，建議你們出站往左走，那裡有公車站牌，到澀谷只要十分鐘。」

「我知道了。」雖然他們這麼回答，但臉上的表情一點也不開心。不過，這點打擊算得了什麼，今後我還是會繼續管閒事。

儘管會對他人造成困擾，但我一直相信中年大嬸這個親切的人種一定能拯救全世界的人。要是這個世界上沒有中年大嬸的存在，遇到困難就沒有人會伸出援手、發生問題也沒有人會幫忙想辦法，這個世界絕對會充滿暴戾之氣。在這個連載專欄裡，我不斷呼籲大家不要變成中年大嬸。不過，大家還是要學習大嬸性格中的優點。我有幾位三、四十出頭的女性朋友，個個都很年輕漂亮。可是她們有時候會因爲某些原因，突然變成大嬸。通常是在需要營造「團結一致」的氣氛時，大嬸們會就會形成一個小團體。每當這種時候，我就覺得很溫暖。

這才發現待在大嬸的小圈圈裡有多安心。大家看起來都很漂亮，每天也很細心保養自己，可是卻開自己玩笑，說自己是「中年大嬸」，不僅個性幽默，還很了解自己。於是我決定加入這個小圈圈。

不過，也有人完全不想加入大嬸小圈圈。我每天早上都會看八卦節目，每次發生了什麼重大事件，或針對某個主題製作特集，就會邀請中年女性上節目，發表評論。我認爲這些女性充分表現出這個年齡該有的樣子。

儘管已一步步變老，卻不理會或是盡可能忽視自己變老的事實。這些女性一點都不老。我一直提醒自己，這就是一般中年女性最眞實的模樣。

內心住著一位大嬸

我有一位女性朋友，花了很多錢與心血保養外表，追求時尚潮流，完全看不出眞實年齡。有趣的是，她的內心是一個名符其實的「大嬸」，不對，用「歐巴桑」來形容應該更爲貼切。

有一次跟她出門搭新幹線的時候，她走進月台上的Kiosk便利商店，接著慢慢拿起女性週刊雜誌，當場看了起來。我雖然沒出聲，但對她的行爲感到很驚訝，相信店員一定更驚訝吧！店員瞪大雙眼，盯著她看了一會兒，忍不住開口喝斥：「這位客人，請不要這樣。」

沒想到她還裝作沒事發生一樣，將週刊雜誌放回平台上，一點也沒有想買的意思。

我勸她說：「想看週刊雜誌，買就好了啊。」

她還愛面子地說：「我才不要，買女性週刊雜誌在新幹線裡看，這樣做多丟臉啊！」

很久以前她打電話給我，約我去看電影。由於她也約了我先生一起去，因此我跟我先生一起去約好的地方找她。

見到她之後，她揮動手中的卡跟我們說：「這是特別優待卡，只要拿出來就可以坐指定席，想坐哪兒就坐哪兒。」

現在好像已經沒有這樣的優惠服務，不過，當時某家電影公司推出優惠服務，只要事先預約就能保留普通席的座位。

偏偏她就是要占便宜，又說：「沒關係，我們有這張特別優待卡，可以坐這裡。」

我跟先生畏畏縮縮地坐在鋪著白色椅套的椅子上，不久，電影院的工作人員走過來說：「先生小姐，不好意思，這裡是指定席喔。」

沒想到她看了一下四周，不以爲意地說：「這裡這麼空，讓我們坐一下有什麼關係？」

我先生坐在旁邊看不下去，跳出來說：「對不起，我付錢買票。」急忙付掉了三人份的指定席差價。

事後，我先生深有所感地對我說：「妳那個朋友竟然說『這裡這麼空，讓我們坐一下有什麼關係？』這根本就是大嬸才有的想法。眞正的大嬸才說得出這種台詞。」

在他心中，「大嬸」帶有負面的意思。不過，就像我先前所說，我在「大嬸」這個名詞中，感受到溫暖與溫馨的感覺。

大嬸不只擁有圓滾滾的身材，還愛管閒事，待人親切，喜歡吃美食，行爲大剌剌，喜歡聊天。仔細想想，這不是在說我嗎？

大嬸們開心地笑著，邀請我加入她們。

「不要再掙扎了，快過來吧！一直做無謂的努力也沒用，在別人眼裡，妳早就是大嬸了。」

不，我還不想加入妳們。我張開雙腳，站著不動。

我心目中最理想的狀態是，擁有大嬸性格的優點與年輕女孩的外表。爲了達到這個目標，我每天努力不懈。

我之前提過，這一陣子實在太忙，不僅沒去做美甲，連減肥都荒廢了，再這樣下去眞的不行。於是我趁著沒有工作的空檔，將甜食全部收起來。既然沒時間去護膚中心，就在家自己按摩。接著，我也恢復每天量體重的習慣。雖然心情低落了四天，但我還是每天量體重。

瘦身哲學

我一直在抗拒成為大嬸的想法，以及變成大嬸就能感到輕鬆的想法中擺盪，內心掙扎不已。

打開雜誌就看到「永遠當一個女人」、「美魔女」這類文字。老實說，我不該讓自己陷入這樣的困境。我為了維持美麗的外表做了不少努力，但我很喜歡吃美食，每次都無法成功瘦下來。

有一次我跟鄉廣美抱怨：「反而也沒人注意我。」沒想到他那俊美的臉龐對著我，誠懇地說：「可是，看著身材愈來愈圓，心裡最受傷的是自己啊！」

他這句話打醒了我。沒錯，他說的沒錯。我之所以這麼痛苦悲傷，是因爲想穿的衣服完全穿不進去。之前減肥成功時，一走進名牌店，只要看到喜歡的衣服就會全部拿來試穿，但現在沒辦法這麼做。

熟識的店員一看到我，就會主動拿出我能穿的衣服，我只能從中挑選。各位能理解我的痛苦嗎？

不過，我的朋友也說：「我們的人生下半場愈來愈短，有美食就吃，有美酒就喝吧！」

我完全沒辦法抵抗這種話，就這樣又吃了起來。

就在此時，我的人生發生了一件大事。我寫過好幾次，我到減肥診所求助，成功瘦了下來。那個時候我吃營養品，也服用抑制食欲的藥物，一個月瘦五公斤。

可惜好事多磨，我去的那家診所上了週刊雜誌，聽說有人吃了該診所開的藥死亡，引起很大的騷動，到現在我都不知道那件事的眞假。

我的朋友作曲家三枝成彰是該診所的信徒，他還跟我說：「哪個醫院不死人？多多少少都會發生這種事，我相信這家醫院。」他到現在還維持纖瘦的身材。

最近見到他時，他跟我說今天是測量日。聽說他們四個朋友約好，要是這次量體重比上一次重，一公斤要罰十萬日幣。由於金額龐大，大家都拚了命地想要瘦下來。

他還說：「所以我今天特別去洗了三溫暖，可是還剩一公斤瘦不下來，不知道該怎麼辦……」說得好像自己是拳擊手一樣。

看他那麼遺憾的模樣，我開玩笑地說：「不然你吃瀉藥看看？」

沒想到他偷偷從包包中拿出拋棄式浣腸，對我說：「我已經準備好待會要用這個了。」

男性的毅力眞令我佩服。我跟三枝是長期的減肥夥伴，但如今我們已經走上截然不同的道路。

「三枝，你覺得那個診所開的藥眞的安全嗎？有醫生說那個藥性太強了。」

他斬釘截鐵地回我：「我覺得妳應該要吃。我們兩個再活也差不多三十年而已，既然如此，妳不希望人生中最後的日子漂亮好看嗎？反正人終歸一死。」

每次都是我的男性朋友教導我減肥的深奧哲學，女性只會許願而已。

內衣的性價比

洗完澡後，我會站在鏡子前看自己的裸體。我們一群女性朋友經常開玩笑地說，就像將蟾蜍放在鏡子前自然會流油一樣，一層一層的贅肉讓我說不出任何話來。

腹部贅肉往外隆起，一穿褲子，贅肉就會擠在褲頭上。我想要愛惜自己的身體，我想要努力瘦下來，到底該怎麼做才好？

最有效的方法就是讓其他男人欣賞我的身體，讚頌我的身體，但這完全是我個人最私密的幻想世界，不可能做到。

既然如此，最可行的方法就是穿上漂亮的內衣。

前一陣子我看中年婦女雜誌，其中有一句文案深深吸引我：「開始講究自己的內衣」。邁入中年之後，一定要穿好一點的內衣。

我還沒結婚之前，經常到巴黎、米蘭購買高價內衣，遇到重要時刻就穿上這些「性感戰服」。

反觀我現在穿的是打折買的阿嬤內褲。胸罩畢竟有尺寸要選，所以我穿的是品質好一點的外國品牌，但我認爲內褲耐穿就好，穿的是高腰款式的內褲。穿的時候不覺得怎麼樣，洗完晾起來後才覺得悲從中來。不想讓先生看到我的阿嬤內褲，於是用毛巾遮起來。

前一陣子我傍晚有事出門，我先生竟然說晚上要幫我將曬好的衣服收進來，我一聽這怎麼得了，立刻說：「我都是連同曬衣架一起拿進屋子，不會一件件收進來。」用盡所有藉口阻止先生收衣服，就是不希望他看到我穿的阿嬤內褲。

有一次我跟一群年紀比我小的女性朋友去迪士尼樂園玩，其中有一個朋友突然蹲下來，我站在她身後，看到丁字褲的褲頭，當時眞的好驚訝。她是三個小孩的媽媽，年紀四十出頭，我很訝異一個媽媽會穿丁字褲。

其他女性朋友跟我說：「討厭啦，追求時尚的人穿褲子時一會穿丁字褲，可以避免臀部上有內褲痕跡。」但我聽起來就是覺得怪怪的，難道我的思想眞的過時了？

雖然我沒辦法穿丁字褲，但我最近認爲內衣褲還是要穿好一點的。剛開始進入冬天時，我覺得保暖內衣只是一年穿一季的衣服，所以到超市或優衣庫買便宜貨穿。可是，整個冬天也沒什麼機會穿，就這樣一年又過去了。後來打開抽屜一看，每件都變形了，一件件皺皺地疊在一起，看起來很寒酸。我實在無法形容那個場景有多慘不忍睹，感覺像是看到自己的裸體。

這個經驗讓我改變想法，改穿有時尙蕾絲設計的高價保暖衣，同樣兼具禦寒等實用性。盡量不買郵購公司賣的內褲，改穿百貨公司的高級商品。目前還在穿的郵購內褲，都是價格較高，可以穿比較久的產品，怎麼洗都不會變形。不過，正因爲不會變形，我總是忍不住一直留在身邊。

我在二十幾歲的時候，認識一個感情很好的姊姊，她家裡有一個古董衣櫃，依照顏色分類收納內褲。我不禁想起她那整齊收納、散發性感風情的衣櫥抽屜。她雖然已經結婚，但長得很漂亮，經常背著丈夫與其他男人幽會。明明我身邊有這麼多可以效法的對象，卻不向她們看齊，我眞想敲開自己的腦袋，看看裡面裝什麼？

不囤積的減肥計畫

去年年底，我創下這幾年來最重的體重紀錄。

我找不到可以穿的衣服，已經不知道該拿自己的身體怎麼辦了。我一定要想辦法突破困境，於是開始拚命減肥。過去幾次減肥的原因都一樣，不過，這次我設定了減肥主題。

那就是「不囤積」。

不瞞各位，我從懂事以來就有很嚴重的便祕。加上我現在有一點年紀，一個禮拜沒排便稀鬆平常，有時甚至長達十天。嚴重時我會吃藥排便，不過，我似乎已經罹患了慢性便祕。

我有一陣子喝蘆薈汁，可惜蘆薈汁不適合我的體質，一吃東西肚子立刻咕嚕咕嚕地蠕動。一起減肥的同伴也推薦我吃當時賣最好的減肥產品，我也是一吃就直跑廁所。

我決定改變現狀，過去這一個月，我不依賴營養品，只靠正常飲食促進「排便」。優格、水果、麥片與牛奶，任何食物都細嚼慢嚥，吃完就去散步。靜靜等待便意。

於此同時，我也努力整理家裡。我跟大多數人一樣，看了整理書後就開始動手整理。我家是十三年屋齡的房子，家中十分凌亂。雖然我有請幫傭來打掃，但我不否認這個家瀰漫著一股「無法整理的氣氛」。畢竟幫傭不是我的家人，沒辦法丟掉任何東西，最多只能將到處亂放的東西集中在一處。接著我又開始亂擺東西，家裡再次亂成一團，久而久之自然沒人想要整理。

我的整理方法就是「不囤積」。去年我處理掉了大約三百本書，絕大多數都是出版社送的樣書。一般作家不可能將書拿去二手書店賣，所以我將這些書拿去義賣或送給醫院圖書館。

就這樣，我將書房一角整理得乾乾淨淨，感覺真的很舒暢。接下來我要挑戰從搬到這個家那一天，到現在都沒拆封過的紙箱。

最近我去了一趟沖繩度假，當時雇了一輛個人計程車帶我四處觀光，司機是一名四十多歲的女性。個性很好相處，收費也很合理。原本只聘僱一天，後來又加了一天。我們一起去吃沖繩蕎麥麵，她也跟我聊起私人的事情。她離婚了，獨力扶養四個小孩，努力當一個稱職的單親媽媽。

我忍不住低語：「跟我家的幫傭一樣！」

我家裡的幫傭是家政婦協會介紹來的，不久之前還是關西地區有錢人家的太太。後來帶著孩子搬到東京住。現在哪有心情顧慮便祕、整理這些瑣事，人生出現一百八十度的大轉變還能撐過去，我眞的很佩服這樣的人。有些看似做得到的事，事實上根本做不到。

有時我會想，爲什麼我無法克服某些難關？有些人必須逼到絕境才能絕處逢生。

但我做不到的最大理由，就是怕麻煩以及沒時間。與其跟先生大吵，彼此把話說清楚講明白，我會先低頭，跟對方道歉，想辦法大事化小，小事化無。生氣時難免心情煩躁，影響工作，但這二十年來我已經學會宣洩情緒的方法。只要吃美食、與朋友到處走走，心情就會變好。不過，也因爲這樣吃太多，最後導致便祕，囤積不少壓力。

我的中年就快這樣過去了，不過，我的人生沒有時間慢慢後悔。

職業婦女的憂慮

這個連載專欄即將接近尾聲。在過去這段時間我天南地北地胡扯了一大堆東西，而我眞正想告訴各位的只有一件事。

那就是「中年之後，女人一定要讓自己幸福」。

日本泡沫經濟時代我還不到三十五歲，當時的事情我記得很清楚。我一夕致富，變成名人，每天晚上夜夜笙歌。日子過得多采多姿，戀愛經驗也不少……我很想這麼說，但事實是，我承受不了迅速成名的壓力，突然暴肥，體重比現在還重。

正因如此，我不僅沒在知名的茱莉安娜迪斯可舞廳（Juliana's）跳舞，也沒有男朋友一個換過一個；反而跟前男友藕斷絲連、分分合合。每天出門不是去跳舞，而是去吃東西和喝酒。

當時我雖然很年輕，但早已過了適婚年齡，還好有幾位可以一起哭、一起笑，一起度過許多時光的姊妹淘。包括編輯、時尚品牌公關、翻譯家等，全都是職業女性。

有一天，其中一個姊妹淘買了房子。當時銀行很願意貸款給女性，於是掀起一股購屋熱潮，許多女性都擁有自己的城堡。

「我不結婚也沒關係，我打算一輩子一個人過。」

所有姊妹淘都異口同聲地這麼說，但我下定決心要把自己嫁出去，而且我不會辭掉工作。我對自己宣誓，也跟親友說，我一定要擁有丈夫和小孩，好好經營家庭生活。

爲什麼我會如此堅持結婚生子？因爲我很清楚我不可能永遠三十幾歲，我很快就會變老。我認爲我應該結婚，所以我一定要在變老前先發制人。

如今仍保持單身的姊妹淘紛紛對我說：

「我當時眞應該結婚的。」

「要是那個時候有生孩子就好了。」

話說回來，我有幸福到值得別人羨慕嗎？好像也沒有。

我的工作像一場看不到終點的馬拉松。即使我覺得我還能再跑，我可以跑出更好的成績，也因爲年齡增長跑得氣喘吁吁。後面不斷有一群年輕人追上我並且超越我，儘管如此，我還是要跑。箇中辛酸只有自己才知道。

婚姻生活不是只有開心的事情。孩子不會如你所願地成長，先生只會愈來愈大男人、愈來愈隨心所欲。婚後仍繼續工作的太太一定能感同身受，職業婦女比家庭主婦更需要看先生的臉色，討好另一半。很多人都說「收入較高的太太在先生面前走路有風」，但根據我的人生經驗，這完全是胡說八道。

太太為了避免自己的氣勢高過先生，反而會更聽先生的話，即使想跟先生吵架也會忍氣吞聲。因為她們很清楚，要是今天跟先生吵架，就會影響明天的工作。

無法忍受這一點的女性，早就與先生離婚了。我身邊還保有婚姻關係的夫妻，大多是因為太太努力忍讓，才能維持婚姻生活。

容我把話說開，中年婦女想過開心生活只有兩種情形，第一種是丈夫有錢又專情的家庭主婦；第二種則是與自己第二喜歡的人結婚的太太。大多數女性被問到「妳幸福嗎？」這個問題，通常都無法說出任何答案。當然，我也是其中之一。

什麼年齡就該有什麼期望

我認爲自己做得最好的事情，就是不再成天想著「要是當初〇〇就好了」。

我不希望將來因爲沒做某些事而感到後悔，與其成天想著「要是當時有那麼做」、「如果我當初那麼做的話」，不如好好活在當下。年輕時我看了田邊聖子寫的小說，有一個女孩大聲喝斥成天抱怨的姊妹淘，她說：「這個世界上沒有後悔藥！」

這句話也是我人生中重要的座右銘。我不會說「我從不後悔」這類傲慢的話，我還在過自己的人生。

話說回來，平時我很少會說「要是當初〇〇就好了」，我是一個想到什麼做什麼的人，而且經常失敗。雖然當時留下了痛苦的回憶，但中年以後，我才有足夠的智慧以平常心看待失敗。

永遠保持青春的臉蛋與身材，擁有一大群好朋友，還有親愛的家人陪伴。不僅如此，還有一個可以終身投入的工作，並且感到幸福。以上就是我認爲最理想的中年後生活。最後一項可能是最難的，但我有幸在偶然機會下，體會到幸福的感覺。剛開始是我幸運，但爲了留住這份幸福，我盡了一切的努力。天生懶惰、個性無趣的我，透過工作磨練出堅毅的精神與積極的態度，但，我的境遇算是特殊個案。

我對於工作的專注力有時會移轉到青春的臉蛋與身材，但從未成功過。因爲想要讓身體與肌膚維持在年輕狀態，必須嚴格控管自己的各種欲望。

我每次在雜誌上看到被譽爲「美魔女」的中年女性，不只感到敬佩，也感到敬畏。我很難想像必須付出多少心血，才能擁有如此年輕的臉蛋與身材，我相信她們一定投注了相當多的時間與金錢。

我想說的是，當一個人擁有這個年齡不該擁有的事物，便再也不想放手，這個執著的念頭會讓人陷入痛苦深淵之中。

各位不妨想想看，當四十歲的女性擁有三十歲的臉蛋與身材，會發生什麼事？由於這違反了自然法則，當事者爲了維持三十歲的臉蛋與身材，必須做大量運動、鍛鍊肌肉，還必須勤上護膚中心，保持彈嫩肌膚。

遺憾的是，人無法阻止時間流逝。有一天，大家都會變成五十歲。當初那個女性到了五十歲時，她會擁有四十歲的美貌，可是，她無法接受這項事實。因爲她心目中最想要的是「三十歲的臉蛋與身材」。

愈是執著於青春與美貌的人，失去時的焦慮和痛苦就會愈大。不過，我也不會因爲這樣就全然否定青春與美貌的重要性。努力是一件很棒的事情。但是，一定要隨著年齡增長慢慢減輕努力的力道，否則只會讓自己痛苦。維持青春所做的努力，不可能勝過時間的流逝。

四十歲只要看起來像四十歲就好了，這是理所當然的道理。我希望我可以成爲四十歲中看起來特別年輕漂亮的四十歲；到了五十歲，我也希望能成爲高貴優雅的五十歲熟女。

容我再次強調，我喜歡努力讓自己變得更年輕、更漂亮的女性。雖然我有一段時間沒有持續下去，但我從未放棄。我也從沒想過要擁有不可思議的青春，或令人驚豔的身材。當然，這一點不可能實現。

當一個女性執著於實際年齡不該擁有的事物，絕對不會感到幸福。我深深知道緊抓不放的東西，有一天一定會失去。

瘦下來的喜悅

以年齡來說，我已進入更年期，雖然沒有出現更年期的不適症狀，但我的身材愈來愈胖，像惡夢一樣無法遏止。

我不認爲自己的食量有那麼大，而且我很注重飲食，晚餐不吃碳水化合物。但，不管我怎麼努力都瘦不下來，每次只要多吃一點，第二天就會增加一公斤。

我只剩兩條路可以選，一條是邁向放縱的世界。以我的年齡來說，胖大嬸隨處可見，變成典型的中年（中廣）身材也無所謂。到百貨公司去，一定能找到大尺碼的衣服。成爲一個笑容可掬的開朗大嬸，也是一件很棒的事情。再說我年紀也到了，沒力氣減肥了！

話說回來，胖子在這個社會眞的很悲哀，想打扮得漂亮一點，也找不到可以穿的衣服。腦中想了各式各樣的穿著造型，卻無法實現，這種痛苦眞的很難熬。雙排釦大衣搭配直筒丹寧褲，再戴上帥氣的太陽眼鏡，明明想得很完美，但褲子拉鍊完全拉不上，大衣腰帶也無法繫緊。這樣的身材穿什麼都不好看，讓人再也不想看時尚雜誌了。

更令人難受的是，自己會愈來愈討厭自己。

以前搭乘百貨公司的手扶梯時，旁邊的牆壁剛好是鏡子，我都會趁機檢查自己的姿勢，確認側臉線條。

但最近我愈來愈不敢看。隨著手扶梯往上走的我，擁有明顯的雙下巴，怎麼看都是個中年大嬸。我趕緊移開目光，在心中嘀咕著：「我該怎麼辦……我變得愈來愈醜、愈來愈胖了，誰來救救我！」

此時我突然想起一句話「減肥才能保有自尊」，這好像是美國歌手瑪丹娜說的。

沒錯，減肥不是爲了時尚或健康，而是爲了我自己的尊嚴，我一定要瘦下來。

擁有這股氣勢確實很棒，可是我已經沒辦法靠自己的力量瘦下來了。相隔兩年之後，我又來到減肥診所。我在這裡做了抽血檢查，徹底找出身體的問題。

兩個星期後，我到診所去看檢查報告。不出我所料，我的女性荷爾蒙銳減，嚴重缺乏鐵質，甲狀腺功能也變差。整體來說，我的代謝狀況變得非常糟。

醫生幫我開了營養品與漢方藥，對我說：「林小姐，從今天起，妳要完全戒吃碳水化合物。妳一定要嚴格控制自己的飲食，否則後果不堪設想。」

於是，我再度展開人生中第幾十次的減肥生活。要我不吃麵包和飯眞的很痛苦，但也因爲如此，我的精神變得很輕鬆。可能是因爲營養品發揮效果，我的體重慢慢降下來了。

原本穿起來很緊的外套，現在可以拉上拉鍊，裙子拉鍊也能順利拉到裙頭。穿上衣服時也能維持衣服原有的版型，看到自己的改變，我眞的好開心。慢慢瘦下來之後，終於可以展現昂貴服飾的造型效果。

我在三個星期之內瘦了四公斤，到下個月月底之前，我還想再瘦六公斤。我已經不小了，快速瘦下來會產生皺紋，所以我天天按摩。瘦下來之後，我的大腿肌肉開始鬆弛，於是透過郵購買了腿部推舉機，每天運動，鍛鍊肌肉。我的人生開始往好的方向發展。

初次邁入中年

我在十幾二十歲的時候，認爲四、五十歲的女性毫無人生希望可言。到了這個年紀孩子都大了，接下來只能度過餘生。這樣的人生既不幸福，也沒有未來。嗯，每個人在那個年紀都會這麼想。

於是我告訴自己「我絕對不要變成中年婦女，我不會成爲那樣的人。」但不管我如何告訴自己，時間也不會停止。每個女人都會變成中年婦女。

還記得二十多年前，某本時尚雜誌做了一個兩頁的彩色照片專題，名爲「我們想穿的衣服」。看到照片時我忍不住大喊：「不會吧！」因爲照片裡很多都是我認識的人，包括造型師、髮妝師、編輯、品牌公關等，個性鮮明犀利的女性。她們不是模特兒或女明星，不是每個人都身材姣好或外貌出眾。而且所有人穿的都是COMME des GARÇONS與Y's品牌的衣服，老實說眞的是慘不忍睹。她們其實都具有各自的時尚品味，看到她們穿上前衛風格的衣服，感覺確實很奇怪。

我跟男性友人抱怨：「那張照片太奇怪了，衣服一點也不好看。」他對我說：「那也沒辦法啊。對於這些時尚教主來說，她們第一次邁入中年。正因爲是第一次，沒人知道該穿什麼。於是只好穿上年輕時常穿的COMME des GARÇONS，像年輕時一樣化裸妝。可能就是這樣，妳才會覺得奇怪吧！」想想很有道理。二十幾年前還沒有「很瞎」的說法，但那張照片眞的只能用很瞎來形容。如今二十幾年過去了，又有許多時尚女性初次邁入中年，迎接第一次的挑戰。相信幾經摸索之後，她們一定會找到自己的路。

有些女明星過了五十歲依舊美豔動人，以中年女性爲目標族群的雜誌也陸續登場。現在對中年女性而言，是一個可以發光發熱的年代。正因如此，受到的限制也較多。例如，中年女性再也不能讓自己很快進入大嬸模式。可是，過了五十歲還要努力維持美貌與身材，這樣的人生眞的很辛苦。有這種想法的人，只要擺脫自己的執著即可。不想擺脫執著的人，只能拚命努力。

初次邁入中年的妳，會遇到許多「理應出現的老化現象」。有一天妳開始出現老花眼，肌膚開始產生皺紋、鬆弛，背愈來愈駝，身材也開始發福。妳可能覺得驚訝，也可能感到排斥，自怨自艾。但，這是沒辦法的事。每個人都會變老。

經歷過泡沫經濟時代，每天穿昂貴的外國品牌，到處旅行，享受戀愛，這是我們這一代的寫照。現在，我們這一代也邁入中年了。即使是我也感到驚訝。不過，既然我們累積了不少財富，不如趁這個時候好好享受這初次的人生。就像前輩們爲我們打開一條路，我們也要在這未知的世界留下點什麼，讓下一代的女性覺得「邁入中年也不錯」。我有信心可以做到，我眞心如此認爲。

卷末特別對談

京都美人道

林　我跟眞生第一次見面是在四年前，那個時候我覺得妳是一位健康又可愛的女孩，沒想到妳現在愈來愈漂亮了。有些東京的粉領族其實長得也很漂亮，但我覺得在京都不只要磨練自己，還要花錢添購行頭，女性的價値比東京高出一千倍以上。眞生對於同在這個業界的其他藝伎，有什麼看法？

真生 我覺得到這裡來的女孩天生就長得漂亮，從十五歲開始學習，一路從舞伎晉升到藝伎，每天在眾人面前表演，一定要努力維持自己的美貌。在這個有幾百年歷史的祇園裡，不斷提升自己。我們擁有今天，可以說是被硬逼出來的（笑）。

林 十五歲就出道的女孩，短短一年就能脫胎換骨，變成完全不同的人。除了在技藝上進步不少之外，每天、每晚都要出入各家高級餐廳的宴會廳，與各行各業的客人聊天，見聞增廣了，人自然就漂亮了。這個世界上漂亮的女孩很多，但妳們眞的很特別，尤其後頸眞的很美。

真生 這裡從以前就流傳一句話「鏡子髒污的人，房間一定也很髒亂。」如果房間裡找到一根掉落的頭髮，就會被認爲是生活懶散的人。前輩告訴我們，就算是天生邋遢的人，只要和服衣領整理好，頭髮全部往上盤，看起來就會很整潔。舞伎不戴假髮，都是以眞髮綁髮髻，綁好髮髻之後，通常要維持一個禮拜。即使睡高枕頭，一個禮拜以後髮型也會亂掉。而且有些女孩的睡相也不好。即使如此，我們還是盡全力梳好頭。沾上山茶花油固定髮型。就算長相差強人意，只要髮型梳得漂亮，大家就會稱讚我們（笑）。養成習慣之後，舞伎翻身時還會帶著枕頭一起翻（笑）。

林 睡覺也要有舞伎的模樣。妳平常保養肌膚時會注意哪些事情？

真生 很多人都問我這個問題，大家很想知道藝伎會不會去護膚中心保養肌膚。其實很多藝伎都會去。我們要用盡所有方法維持美麗的肌膚。大家常說京都的水質很好，每次到東京出差或去國外表演，我們一定會帶京都的水去調和白粉。我們曾經試過用東京飯店裡的水調白粉，調出來的效果很差。此外，大家都說用冷水洗臉有益肌膚，其實有時候是因為沒辦法用熱水洗臉（笑）。雖然冬天特別冷，但有時候因爲不想浪費熱水，或是舞伎不能在浴室以外的地方用熱水等種種原因，所以才一直用冷水。

林 妳都用什麼粉底？

真生 平時我都用蘭蔻（LANCÔME），我很喜歡蘭蔻的粉底。蜜粉我嘗試過不同品牌，也用過別人送的或推薦的產品。不過，我現在用的也是蘭蔻。

林 妳的睫毛又長又漂亮。

真生 我用的是別人送的赫蓮娜（Helena Rubinstein）睫毛膏……（笑）。舉行都舞公演時，大家在後台沒事做就會看看雜誌，互相推薦好用的化妝品。高島屋的外務員會一直待在後台，幫我們買需要的商品。

林 眞有趣。

真生 這支睫毛膏也是後輩推薦的，眞的很好用。

林 妳們每天都出去吃飯，要花很多心力維持身材吧？

真生 我們偶爾會跟交情不錯的客人出去吃飯，這就是所謂的「交際飯」。事實上，我們每個月只吃幾次「交際飯」而已。因爲我們的工作以大型宴會爲主，所以平時在家吃飯，去宴會廳最多只會敬酒。也因此我們工作時都很餓。我還在當舞伎時，每天凌晨一點要回宿舍，一回去就要吃東西，像是烏龍麵、拉麵、三明治等等。

林　這樣的生活型態聽起來對身體不太好（笑）。

真生　真的是這樣。剛開始當舞伎時很累，有時根本連白粉都沒力氣卸就去睡了……。對了，藝伎很喜歡午睡。就算只有十分鐘也會睡。搭車或電車也會立刻睡著，不管到哪裡都能睡（笑）。

林　妳用什麼產品卸妝？

真生　我都用油卸妝。化妝時我們會先擦一層用蠟做成的髮油打底，接著再擦白粉，卸妝時用嬰兒油。用卸妝乳液不容易卸乾淨。我們化的妝不怕水，但怕油，所以流汗不會脫妝，用油可以卸得乾淨。用蠟做的傳統髮油還能保養肌膚。

林　聽說舞伎與藝伎都要刮除臉上的細毛，妳們都去哪裡刮？

真生　去理髮院。祇園町的理髮院都可以修臉，還會幫我們修髮際處。

林　平時就會去修嗎？

真生　大概一個月一次。覺得白粉的妝感不好時就會去修。不過，擦一般的粉底時，如果有修臉，粉底會非常服貼喔。

林　我偶爾也會用刮鬍刀修臉上的細毛，這種事還是交給專家做比較好。妳們都很注意別人看得到的地方，一般女孩要是能注意到後頸部位，絕對大受歡迎。

真生　我們有一位前輩，八十歲還在當藝伎。所有姊妹眞的都很漂亮，不化妝也很美，走路姿態也與衆不同。

林　藝伎沒有人整形嗎？

真生　沒有，我沒問過，也可能是我不知道吧！話說回來，舞台燈光都很老舊，在上面跳舞很容易顯老。就算在嘴裡含棉花，看起來也很老。有時候我們會在後台開玩笑說，乾脆去打玻尿酸好了。

林　妳在藝伎館的時候都吃什麼？

真生　跟一般家庭吃的一樣，普通的家常菜。爲了攝取均衡營養，比較少吃油膩食物，不過偶爾會吃到炸蝦這類大餐。藝伎館只供晚餐，晚餐的菜會留一點下來當第二天的午餐。第二天早上出去練舞，練舞完畢回到藝伎館之後再吃午餐。出道第二年到第三年之後，就跟同期的姊妹在練舞結束後，順道去吃午餐。由於晚上都很晚回家，所以我們會盡量睡，早午餐就一起解決。

林 聽起來飲食內容不會特別以蔬菜爲主。

真生 我們每一個藝伎都很會吃。

林 妳們常吃御番菜（註：京都風味家常小菜）嗎？

真生 御番菜是我們最常吃的。我們最資深的前輩很愛吃肉，每個人都充滿活力。

林 身爲祇園最紅的藝伎有什麼感覺？我覺得妳的身材很高大，給人健康又可愛的感覺。

真生 每次看以前留下來的照片，美女都是個子嬌小、身材纖瘦、斜肩的女人。

不過，從以前就有身材高大的藝伎。

林 妳有崇拜的前輩嗎？或是將誰當作妳的目標？

真生 我當然有崇拜的前輩，而且不只一人，很多姊姊都是我學習的目標。有的人舞跳得很好，有的人很會與客人互動，有的人很有穿和服的品味。

林 妳身邊有很多模範，可以練就妳的鑑賞力。想要變漂亮，身邊一定要有美女姊姊。

真生 說的沒錯，我一直在觀察身邊的人。話說回來，其實藝伎的個性都有點男孩子氣。從事我們這一行，神經如果不大條一點的話，很容易做不下去。所以我很認眞觀察，爲什麼大家都認爲我們很有女人味？我們的個性明明很大剌剌，想說什麼就說什麼，我眞的想知道爲什麼。

林 可能是舉手投足表現出女人味？

真生 可能是這樣。藝伎館的媽媽曾經問我一個問題：「要一個天生粗魯的人變得優雅，是不可能的事情，妳認爲怎麼說才能改變她？」我說我不知道，

林 媽媽說：「告訴她要好好愛惜物品。」當我們拿玻璃杯時，如果心裡想著要好好愛惜玻璃杯，我們就會用雙手拿，放杯子的時候也會輕輕的。穿和服出門時如果遇到大雨，大步跑會濺起泥水，此時若想著「要好好愛惜和服與草鞋」，自然就以內八字的方式小跑步。

穿過暖簾時，爲了避免卡到頭髮，妳們都會刻意用手撥一下。這個動作看起來很性感。

真生 一想到要好好愛惜暖簾，自然就會用手撥開。

林 確實如此。要時時刻刻提醒自己這句話。女孩只要才色兼備，比起進入不夠嚴謹的女子大學就讀，送到祇園來磨練可能會更好。妳是如何成爲舞伎的？

真生 我們家有親戚住在京都，透過親戚的介紹才進來的。有些人是透過客人介紹，也有人是到祇園的工會辦公室，主動加入。成爲舞伎不需要考試，但每年只能收一到兩人，所以會與藝伎館的媽媽見面，實際聊過後才會決定。每次我們都會圍著媽媽說：「媽媽，那個小女孩眞的行嗎？」（笑）然後媽媽就會說：「那個女孩只要努力就會變美。」有些外表與個性都很陰鬱的女孩，來這裡訓練一年之後，變得開朗積極，很會說話，而且受到客人喜愛。沒想到祇園可以完全改變一個人。

林　這就是祇園魔法！老闆娘眞是有先見之明啊！藝伎之間會不會明爭暗鬥？

真生　從好的方面來說，我們會切磋琢磨，我們藝伎絕對不會故意耍手段，互相扯後腿，這一點眞的很不可思議。反而是那些刻意陷害別人的人會慢慢消失，自己做不下去。

林　大家常說祇園就是個大家庭。

真生　是的，有爸爸、媽媽，還有姊妹。有心害人的人都會自動離開。

林　原來如此。

真生　在藝伎館裡過的是團體生活，雖然有前輩後輩之分，但大家年齡都相仿，感覺就像是一所女子高中。我剛來這裡的時候，媽媽曾經問我：「我問妳，那個玻璃杯是什麼顏色？」我說：「黑色。」媽媽接著又說：「妳聽好，要是姊姊說那個玻璃杯是白色的，妳一定要說，對，是白色的。知道嗎？」下雨天時說「今天天氣好好」，也要跟著附和。那時我還在想自己到了一個好恐怖的地方，雖然要求很嚴格，但大家同吃一鍋飯，感覺很溫暖。等我自己也有了妹妹（後輩），我才知道當初姊姊（前輩）是用這種心情在帶領我。我輩分最低的時候，一直覺得姊姊好囉嗦，現在才懂得感謝。

林　每個人都這樣一路成長過來。無論是東京還是任何地方，能在女性世界出類拔萃的人，頭腦一定很好。但是像眞生這樣才色兼備、聰明伶俐的人，未來前途絕對不可限量。謝謝妳今天告訴我們這麼多祇園女子的美麗祕密，最近我會找個時間去京都看妳喔！

風格生活系列⑲

中年心得帳

作　者—林真理子
譯　者—游韻馨
主　編—林芳如
編　輯—謝翠鈺
企　劃—林倩聿
封面設計—莊謹銘
版式設計—羅心梅
內頁排版—時報出版美術製作中心
董事長
總經理—趙政岷
出版者—時報文化出版企業股份有限公司
10803台北市和平西路三段二四〇號七樓
發行專線—（〇二）二三〇六—六八四二
讀者服務專線—〇八〇〇—二三一—七〇五
（〇二）二三〇四—七一〇三
讀者服務傳真—（〇二）二三〇四—六八五八
郵撥—一九三四四七二四 時報文化出版公司
信箱—台北郵政七九～九九信箱
時報悅讀網—http://www.readingtimes.com.tw
法律顧問—理律法律事務所　陳長文律師、李念祖律師
印　刷—盈昌印刷有限公司
初版一刷—二〇一五年九月十八日
定　價—新台幣二五〇元
⊙行政院新聞局局版北市業字第八〇號

國家圖書館出版品預行編目(CIP)資料

中年心得帳 / 林真理子作 ; 游韻馨譯. -- 初版. -- 臺北市 : 時報文化, 2015.09
面 ;　公分. -- （風格生活系列 ; 19）
ISBN 978-957-13-6378-3（平裝）

861.67　　104016249

CHUUNEN KOKOROECHOU

ISBN 978-957-13-6378-3
Printed in Taiwan